Kadokawa Fantastic Novels

CHARACTER NAME
露露

……好像有點開心耶！

果然我才是
第一名吧。

勅令
CHARACTER NAME
娜娜

這樣
就行了嗎……？
CHARACTER NAME
艾莉姆

CONTENTS

作者 城崎
插畫 のう
原作／監修 かいりきベア
VENOM
VENOM
求愛性少女症候群
4
Kadokawa Fantastic Novels

◆序章

我想要被人認可的欲望似乎又逐漸增大了。

那名為「求愛性少女症候群」宛如惡夢的現象看來還會繼續下去。

這是在今天攝影時發生的事。當我以為拍攝很順利的時候，攝影師卻露出一副苦澀的表情注視著我。

直到剛才明明都拍得很開心的，為什麼呢？

即使很清楚還在拍攝，依然無法掩飾內心的動搖。

是我哪裡做得不好嗎？

如果是這樣該怎麼辦？

因為不知道問題出在哪裡，所以沒有辦法改善。

沒有改善餘地是最讓人困擾的……就算想要做些什麼，也會擔心要是做了多餘的事讓狀況惡化該怎麼辦，導致無法採取行動。

「那個，發生了什麼事嗎？」

於是我老實地開口詢問。
攝影師臉上依然充滿苦澀，手指著鏡子的方向。
「不是……那個小娜，可以請妳看一下鏡子嗎？」
「鏡子，是嗎？」
當我照他所說看向鏡子後，發現上面很自然地出現了兩個心型符號，彷彿一開始就在那裡一樣。
我差點忍不住叫出來，但好不容易忍住了。
沒有大聲地說出：「為什麼！」實在值得稱讚。
拍攝剛好接近尾聲，這點或許算是幫了我大忙。
「這是求愛性少女症候群對吧？看了好幾次所以知道。畢竟出現了中途沒有的心形符號，再怎麼樣都會記得啦……」
攝影師面露苦笑繼續開口：
「總之今天就到此告一段落，回去好好休息吧。」
「不好意思……」
那時候的我只能開口道歉。
因為這種方式結束拍攝讓我相當懊悔。

「不必道歉啦。如果能在下次拍攝前處理好，我會很開心的。」

「我明白了。」

從目前雜誌的風格來看，我立刻就察覺瞳孔出現類似心型符號的照片並不受歡迎。

為此感到懊悔的我緊緊地握住了拳頭。

之後仔細觀察，可能會留下指甲的痕跡也說不定……不過那種痕跡很快就會消失，應該無所謂吧？

「謝謝，您辛苦了。」

雖然想盡可能表達感謝之情，但說出的話語還是不免顯得死板。

總覺得很丟臉，於是我為了逃離現場連忙換好衣服，離開了攝影棚。

時間還很早。

「唉……」

我嘆了口氣。為什麼又會出現呢？

在不得已提早離開的回家路上，踢了路邊的石頭，石頭就這麼撞上牆壁碎裂開來。

還以為已經消失了，真是糟透了……

但是，說起「為什麼被人認可的欲望又增強了」。

這個理由我很清楚。正因如此，才更覺得丟臉。

沒有記取教訓的我，又喜歡上了某個人。
人家還是高中生嘛，會喜歡上其他人很正常吧？不正常的是症候群啦！
這次的對象是個受到眾人喜愛，個性輕浮的人……表面上是這樣，實際上他似乎有自己的難處。
在無意間發現他私下情況之後，我對於這種人也會有困難而感到吃驚。
然後在聊了幾次之後，不知不覺地墜入了愛河。
單純嗎？
人陷入戀愛無論何時都是一轉眼的事吧，雖然下地獄或許也一樣。
……呃，明明沒在跟人講話，我為什麼要辯解啊。
或許是因為在社群網站上發言時都會注意言詞避免引發爭議，導致我受到了這種思維模式的影響吧。
啊哈，完全就是在依靠別人♪
總而言之，既然會見到私底下的部分，讓我認為：「他是不是對我有好感？」
但是因為他很受歡迎，白天幾乎沒什麼接近他的機會實在很困擾。真的非常困擾。明明只是想親近他而已，卻連這個心願都無法實現。
光是見到我靠近，他身邊的女孩子居然就會主動帶他離開！

該說是直覺敏銳還是什麼呢。

我覺得與其做這種事，花時間提升自己比較好就是了。

只能做這種事還真是可悲。

偶爾和他在放學後沒有其他人的教室裡聊天，就是現在最大的幸福。

……我果然很單純也說不定。

畢竟人家喜歡他嘛！這也沒辦法啊？

希望能成為對方特別的人。

換句話說，我只想得到一個人的認可。

但是，要得到他的認可是最困難的。

正因如此，才會導致心型符號浮現吧。

除此之外……身邊的男性不知為何對我產生了好感，或許也是原因之一。

這完全是個意外，因此我並不太在意……但可能只是表面上這麼想，內心深處其實累積了不少壓力也說不定。

又或者，我其實很開心？

因為沒什麼感覺，所以大概比較接近前者吧。

無論如何，不可能要求他們不准喜歡我。

我的狀況也像是被心型符號要求不准喜歡那個人，但這是辦不到的。

所以就放任不管了……然而如果這就是導致症候群的原因，真希望他們快點停下來。

到底是怎樣啊！

完全搞不懂哪個才是原因！

總而言之，在下次拍攝前必須設法搞定症候群！

得認真設法解決才行。

嗚嗚，為什麼我必須遇到這種症狀受苦才行啊……

明明只要能消除症候群就夠了。

為什麼會這樣呢？

◆露出過多少女的戀情

今天運氣很好，放學後他留了下來。
因為他很受歡迎，所以自然經常會受邀在放學後出去玩。
儘管如此，從他拒絕了邀請並刻意留在空無一人的房間來看，感覺我似乎有機會。
如果這樣還對我沒意思，簡直莫名其妙嘛。
要是對方認為我是方便聊天的對象就慘了。
他覺得我是誰呀？我可是娜娜大人喔？
……嗯，就算對最糟糕的假設生氣也無濟於事呢。
既然如此，還是用正面一點的方式來做假設吧。
其實他對我有意思。只是因為我很特別，他不知道該怎麼踏出第一步而已。
一定是這樣！
在我嫌麻煩不想參加班會回來拿東西時，正好遇見露出憂鬱表情，趴在桌上的他。
會覺得那樣很上相，是因為已經深深喜歡上他了嗎？

不不……雖然是我主動那麼想的，但這樣還真害羞。
就算用「還沒到那種程度啦」來否認也有點那個。
哎呀～思緒都一團亂了。
卻不覺得討厭，真是亂七八糟～！
「嗯，辛苦了。」
他用一如往常的方式向我打了招呼。
我坐在他前面的位置面對他，並刻意回了一句：「參加班會辛苦了。」
「說真的，為什麼妳沒參加班會啊？」
他輕笑著如此詢問。
會覺得他笑的方式很可愛，是因為我陷得太深了嗎？
不過，他像這樣輕笑著的模樣真的很可愛。
即使一百個人看到，那些人一定也都這麼想。
「因為很麻煩嘛，明明沒什麼重要的事，只是浪費時間。」
「這麼說或許也沒錯啦。」
「對吧～？參加的人才了不起，所以辛苦了。」
「哈哈，這種不像是在誇獎人的感覺，確實很有小娜的風格。」

「什麼嘛，你這樣說才不像是在誇獎人吧！」

為了隱藏內心被叫到名字的喜悅，我輕輕地拍了他的肩膀一下。

這種簡單的身體接觸也很重要呢。最棒的是他從來沒拒絕過。

我拚命地壓抑因為這件事而不自然上揚的嘴角。

與他聊天總是會這樣。

感覺因此鍛鍊了奇怪部位的肌肉，有點困擾。

「你看起來好像在想事情，今天也有什麼煩惱嗎？」

「嗯～與其說是煩惱……」

他用手摸了摸下巴，露出像是在思考的樣子。

就算說不是，會像這樣陷入沉思就算是煩惱了吧？我沒有因此點破他。

換作平時，我可能會立刻講出這種話，然而要是現在這麼說，就不能了解他的真正想法了。我不希望如此。

機會難得，想要了解他真正的內心。

雖然我或許老是在說謊，但正因為如此，才覺得了解對方內心想法是一種傳達好感的表現。

「小娜在跟人聊天時都在想什麼呢？」

「咦？嗯——不是應該想著對方嗎？」
「……真的嗎？在跟我說話的時候也在想我嗎？」
「有在想有在想。」
「甚至連沒交談的時候也在想著你喔。」我沒有說出這句話的勇氣。
畢竟那樣幾乎等於告白了嘛。
如果要告白，想挑一個更好的時機。
最好的情況，是他主動在一個浪漫的時機向我告白就是了……
先不論是否能營造出浪漫的氣氛，他是那種會主動告白的人嗎？
嗯……
難以想像的原因，是因為還不太了解他嗎？
只要能更了解他，或者是……
「真的嗎～？因為跟妳講話老是被輕易帶過，還以為是在想別的事呢。」
「這樣講很過分耶～」
真的很過分。
我明明一直在想著你耶！
但是，內心某方面也因為他沒看穿我的想法而鬆了口氣。

該說是不想被發現滿腦子都在想他，或是不想被當成沉重的女人呢……可是這樣又好像不重視對方，果然很討厭耶？

我是不是該更認真一點？

不，已經很認真了，而且太嚴肅又很奇怪……

真是的，要是能像遊戲一樣看出好感度就好了。

但要是發現目前好感度很低，肯定會受到打擊吧……

或許像現在這樣看不到還比較好。

腦袋轉個不停，現在得仔細聽他說話才行。

「那麼，你也會思考談話對象的事嗎？」

「嗯……最近開始覺得自己是不是想太多了。」

「想太多？」

常聽到有人不顧對方感受，但想太多是什麼意思啊？

「沒錯沒錯，就是我覺得自己是否只是在說出腦海中的對方想得到的回答而已。」

「想得到的回答？」

「……在那之中會不會沒有我自己的想法呢？」

他說話的語氣十分悲傷，然而我並不這麼認為，因此有些困惑。

「我想應該沒那回事吧，嗯。」
如果是那樣，他現在沒有對我告白不就很奇怪嗎？
「……能夠立刻回答，代表小娜真的是這麼想的呢。」
「嗯。」
「為什麼？」
「問我為什麼……」
他露出驚訝的表情看著我。
他很意外我否認沒有自我這件事嗎？
明明不可能是那樣的。
「不，這並非說不出我想聽的話的人會說的台詞吧。」
「什麼意思？小娜想聽的話？像是『真可愛』之類的？」
「那——是理所當然的，不用特別說出來。」
「是呢，就知道妳會這麼說。」
因為動搖讓我斷句有點奇怪。
我刻意面無表情地嘗試擺出一副無所謂的樣子。
成功了嗎？真希望有個除了他以外的其他人來判定。哇啊～！

「除此之外的誇獎……？不，也有可能不是誇獎呢。」

不，受到誇獎雖然很開心，但假如其中不包含感情，感覺不怎麼高興耶。

剛剛那句話裡有感情嗎？

因為只有一瞬間，我記不太清楚。

為什麼不好好記住啊！真是的！

「這就代表我並非只會說出對方想得到的回答呢。知道其中確實包含自己的想法，我放心了。」

他突然說出一句「太好了～」看來是真的感到安心。

既然我說的話能讓他放心到這種程度，代表他就是如此信任我吧。

老實說我很高興。

「欸欸。」

「嗯？」

「雖然很多人對小娜妳敬而遠之，但實際聊過之後發現妳人很好耶？還是說只在我面前是這樣？」

「確實呢，好像只有在你面前才會這樣。」

「啊哈哈，如果是這樣，好像滿有趣的。」

「不，為什麼會覺得有趣啊？」

像這樣笑出聲音來真是過分。

「不，因為我明明一直說些陰沉的話，妳還對我這麼好，簡直就像喜歡我一樣嘛？」

「那怎麼可能嘛。」

我下意識開口否認，而且語氣還挺刻薄的。

腦海的角落立刻產生了「或許不否認比較好」的想法。

不清楚我內心想法的他毫不在意地說道「就是說啊」表示同意。

「小娜怎麼可能對我這種普通又有點病態的男生有意思啊。」

「雖然我不否認你普通，但別隨便說自己病態比較好喔。」

「說得也是，抱歉。」

我試著如此責備他，然而滿腦子都是自己為什麼要開口否認的想法，已經不行了。

像是半開玩笑地回答「喜歡啊」之類的，明明還有很多話可以說啊。

我對自己如同小學生般的反應感到丟臉。

之後完全沒印象聊了什麼，便在不知不覺間回到家。

甚至不記得自己離開時有沒有向他揮手。

畢竟我平時都會這麼做，要是沒有會顯得很奇怪，而且也不想讓他看到我若有所思的樣子嘛！

但是我完全想不起當時的情況，在洗頭髮時終於爆發了。

「啊——真是的！」

因為在浴室裡所以會有奇怪的回音，現在就連這樣都很討厭。

即使說了「不准回響！」這種亂來的話，回音依然不斷發生。

說到底，為什麼浴室的牆壁會有回音呢？

是為了讓姊姊開心唱歌嗎？

應該不是吧……！

離開令人煩躁的浴室之後，我躺在床上開始思考。

「不開口否認比較好吧……」

雖然覺得這樣不像自己，但我只能這麼想。

而且，我漸漸開始對他那種遭到拒絕彷彿是理所當然的態度感到生氣。

稍微表現出一點動搖又沒關係。什麼叫做普通、有點病態啊？要我讓你見識真正的黑暗嗎！

……不過，到頭來還是會回到自己為什麼要立刻開口否認這點呢。

簡直像個喜歡捉弄有好感的人，一旦被指出就會認真否定的小學生一樣。

或者說根本就是如此，真是丟臉。

上了高中居然還會做出這種事……

「真是的！為什麼會變成這樣啊！」

我為了抱怨打開私帳。

由於最近看了戀愛系網紅的貼文，還是會打開這個帳號。

所以也會和對我搭話的人聊天。

想著必須回覆而打開聊天視窗時，發現有個頗為親密的人傳來見面的邀約。

原本從煩惱的內容來看以為是個女孩，但看來是個男生。

會用這種感覺邀約見面，肯定是個男生。

「結果是個邂逅廚嗎——正常來說誰會跟一個來路不明的人見面啊。」

我壓抑想用「邂逅廚滾一邊去」打發他的心情，委婉地傳出「那方面請容我拒絕」的訊息後關掉私帳。這種感覺好久沒遇到了呢，雖然還是很麻煩。

「啊。」

關掉之後才想起自己本來打算抱怨，但要重新打開又很麻煩便決定作罷。

我隨手把手機放在枕邊翻了個身。

「……為什麼會這樣呢？」

腦中充滿了自己應該處理得更漂亮的想法。
這樣不像我。
我應該能做得更好。
然而，自從愛上他之後一直都是如此。
或許不要再談戀愛比較好，我腦中冷靜的自己好幾次都這麼想。
儘管如此，依然無法壓抑喜歡的感情。只能在可能無法實現的恐懼中思念著對方。
……像這樣拖拖拉拉地說些有詩意的話，有種自我陶醉的感覺，總覺得很討厭。
但是，正因為這種事不能告訴別人，所以只能自己思考並想辦法接受。
至於能不能接受就另當別論了……
唉……現在只能嘆氣。

○

「那個啊，小娜，妳有空嗎？」
隔天放學後，他沒有出現。
有個似乎對我有好感的男生像是代替他一般留在教室。

會說「似乎對我有好感」是因為完全不知道他為何會喜歡上我，所以有點懷疑。

這也很正常，畢竟他是個不像會胡思亂想的同班同學。

看來自從我撿到他的月票讓他覺得我對他有恩之後，他便開始會以跟蹤……還算不上那樣的程度跟在我後面。

因為我不怎麼待在教室，所以很多時候他不會跟著就是了。

……差不多到了不好好上課學分會很危險的程度了吧？

真討厭耶～

體育之類的課我想儘量不上的。

「有空是什麼意思？」

「那個，我想跟妳聊聊。」

「假如夠有趣，我就聽一下吧。」

他瞬間眨了眨眼，用有些困擾的表情說道。

「如果落語可以……」

「啥？落語？」

「啊——呃，像小娜這種時下年輕人肯定沒興趣吧，抱歉……」

「我有點興趣。」

「咦？」

「如果你會，就表演給我看吧。」

本來打算回家的我重新回到自己的位置上就座。

雖然我的確有點興趣，另一方面也想做個測試。

類似「如果他真的喜歡我，應該會表演給我看吧」的感覺？

我帶著些許愧疚的心情等待著，他老實地做起準備。

甚至還細心地準備了扇子。

居然連這種東西都有啊，有點意外。

看上去好像很貴，該不會他其實很投入吧？

「這間學校有類似……落語社的社團嗎？」

儘管與社團活動不太熟，但在歷年的介紹中都沒看過。如果有應該會有印象，或是記得才對。

「不，沒有喔。因為是自學所以可能有點拙劣，要是小娜覺得有趣就好了。」

他一邊這麼說，一邊「啪！」的一聲打開扇子。

我注視著他的手，連指甲都修剪得很整齊。

「那麼，請讓我開始講述。」

當他說完開始講述的同時，感覺氣氛有了改變。
與平常講話時不同，他低沉的嗓音中莫名地有股憂愁的感覺。
有著抑揚頓挫的語氣，聽起來非常舒服。
我在不知不覺中被拉進了他的世界。
回過神來，已經來到最後的收尾。
「怎麼樣？」
「挺厲害的嘛，超棒的喔！」
真的出乎意料的好。
甚至稍微讓我刮目相看了，沒想到他居然有這種特技。
「真的嗎！」
「嗯，雖然我是第一次聽落語，但或許挺喜歡的。」
這是我的真心話，儘管出現了一些不懂的詞彙跟人名，就算如此還是很有趣。這肯定代表他很厲害吧。
「真令人高興……我從小就很喜歡落語。」
「是這樣啊，很厲害呢。」
「能被小娜稱讚實在很開心。」

差點就變得更想了解他，於是我在腦中回想那個人偷笑的表情忍了下來。
真是危險。
不過這麼容易就打動，我或許真的很單純。
我一直覺得自己很冷靜，現在有點沒自信了。
「我、我今天就先回去了。」
「嗯，明天見。」
眼前的他露出的笑容，果然沒讓我感到那麼有魅力。
和他交往的可能性肯定是零吧。
雖然落語講得很棒，但這是兩碼子事。
我想著要是明天放學後能與心上人聊天就好了，並走出校門。

○

一如往常的放學後，我在教室裡等著自己喜歡的那個他。
「今天他怎麼了呢……」
很罕見地，對方今天沒有參加班會。

就在我邊玩手機邊等，想著偶爾也會有這種稀奇的情況時，眼前出現了兩道人影。

……兩道？

正當我以為是某人回來拿忘記帶走的東西時，聽見了女孩子的聲音。

「蓮夜同學！一起回家吧？」

「當然好啊。」

蓮夜同學。

這是我暗戀的他的名字。

居然敢如此親密地叫他的名字，連我都沒什麼機會這麼叫的！

當我腦中閃過這種詛咒的時候，蓮夜跟一個女孩子牽著手走進了教室。

我用力捏住自己的腳，拚命壓抑想叫出來的情緒。

即使想著「為什麼我必須這樣忍耐啊？」痛到快哭出來，我依然向蓮夜搭了話。

「咦？你有女朋友了？」

我努力裝出十分冷靜，只是純粹感到驚訝的樣子問道。

「最近她跟我告白，我們就開始交往了。然後，那個……」

「是因為忍不住想打情罵俏，才翹掉班會啦！」

女生用一副讓人不爽的輕浮態度回答。

我沒有問妳耶……

心情變得越來越煩躁。

「嘿～是這樣啊。」

到頭來，我做出了保險的回答。

雖然覺得不像我的風格，但心中藏著想在他面前維持乖寶寶形象的自己。

明明這麼做沒有任何意義就是了。

我忍不住盯著正在整理書包的他們看。

「我有女朋友讓小娜妳這麼意外嗎？」

他似乎誤會了什麼，如此對我說道。

我忍耐著想立刻用「沒那回事啦」冷嘲熱諷的心情點了點頭。

「嗯。因為她看起來挺不錯的，所以意外。」

還是說了一句有點諷刺的話。

不過他們似乎對此毫不在意，開心地說道：「她說妳很不錯呢。」、「代表我們很登對吧！」

發現他們正處於剛開始戀愛的那種無敵正向模式後，我感覺自己的笑容變僵硬了。

真希望他們立刻回家。

「那麼，明天學校見。」

這個願望很快就實現了。

不過他們原本就打算一起回家，會這樣也是理所當然的啦……

「嗯，再見～」

我盡力裝出最大的笑容目送他們離開。

見到總是會揮手直到離開的他很快地看著身邊的女朋友，讓我再次體認到：「啊，他真的交了女朋友呢。」

「……一般人會在這種時候交女朋友嗎？」

我壓抑想要大喊的衝動，如此喃喃自語。

語氣肯定也忍不住變得很粗魯吧。

畢竟就算有女朋友，他看起來也太像是對我有意思了。

那他偶爾讓我看到的負面情緒是什麼呢？只是剛好在身邊，所以才來找我聊天嗎？

不不，有這種事嗎？

真懂得讓人有所期待耶（生氣）。

我忍不住氣到發抖。

但是心中也有種一切都無所謂的想法。

發現他是個會不惜跟女朋友親熱翹掉班會的人之後，我覺得他也不過是這種程度的傢伙罷了。

原本還以為他是個更加認真，但是願意好好表現好感的人。

到頭來只是個撲到女朋友身邊的普通高中生。

「……一點都不順利呢。」

我的喃喃自語就這麼默默地消失在虛空中。

○

「小娜，如果不嫌棄，可以請妳再聽我的落語嗎？」

「是可以啦……還有嗎？」

「我學會了新的橋段，我認為這篇也很有趣。」

「哼嗯……」

對我有好感的他，是否知道我已經被心儀的那個他拒絕了呢？

從那天開始，他變得很想講落語給我聽。

老實說，已經沒有第一次的新鮮感，也不再覺得有趣。

即使如此，他那拚命為了我學習的模樣，還是滿足了我的自尊心。
所以他在講的時候，我還是會隨便聽一聽。
今天他似乎也記住了一段自己覺得有趣的落語，並且認真地比演給我聽。
……嗯，老實說，我漸漸不覺得有趣了。是不是應該直接告訴他，要他不要再纏著我比較好呢？
畢竟只是用來滿足自尊心，假如他繼續喜歡我，說實話其實挺麻煩的……
「聽不太懂耶，我覺得自己還是別再聽落語比較好。」
「是這樣啊，那麼我再去找其他好懂又有趣的故事吧。」
「我不是這個意思。」
聽見我不開心的語氣，他雙肩抖了一下。
儘管如此，他還是拚命擠出笑容繼續說：
「只、只是碰巧聽不懂而已吧？畢竟小娜是個撿到我的月票，還不會拿來炫耀的溫柔的人嘛……」
「別把這種理想強加在我身上了！」
聽我這麼說，他再次嚇了一跳。
從比剛剛更誇張的抖動來看，代表足以讓他心灰意冷了吧。

臉上也浮現了明顯害怕的神情。

或許是壓根兒沒想到我會發脾氣吧。

但我就是發了火。

因為心情不好。

畢竟輸給一個不怎麼可愛的女生，覺得很不開心嘛！

「抱、抱歉……給妳添麻煩了吧。」

「嗯，很麻煩。落語也不有趣，別再纏著我了。」

「……我明白了，對不起。」

他露出快要哭出來的表情離開了現場。

剛剛那或許是我的錯也說不定。

可是，在不情願的情況下被人貼標籤也只覺得困擾。

我只是因為走路時覺得礙事才會撿起月票，真希望他不要過度解讀把這當成溫柔。

我都覺得自己的溫柔程度不及一般人了，就算被當成大善人來對待也只覺得困擾。

我嘆了口氣。

是不是不該再對現實中的男人抱持幻想了呢？

能看見長相的人不是只讓人有所期待，就是會強加理想在我身上。如果看不見長相又會遇到邂逅廚……

老是遇到一些不會發現我優點的人。為什麼我明明那麼棒，卻總是吸引了一些不正經的人呢？

真是糟糕。

我已經受夠男人了！

○

「唉……」

一道深長的嘆息聲迴盪在休息室裡。

稍微花了一點時間，才發現是自己發出的。

「怎麼了，為什麼嘆氣？」

我不經意發出的嘆息似乎引起了身為前輩的香織注意。

會這樣也很正常，畢竟房間裡只有我跟香織小姐兩個人嘛。

這、這樣下去簡直就像我是因為跟香織小姐在一起才嘆氣的……！

再怎麼說也太糟糕了！

「不、不是，那個，因為最近有了喜歡的人也被人喜歡上……」

我連忙開口，試圖解釋事情並非如此。

但也感覺到自己說了一些根本不需要講的話，臉頰開始泛紅。

因為我跟香織小姐幾乎沒交談過，掌握不好距離……

突然和這種對象講了這種話，肯定會遭到疏遠吧？

或許該說她疏遠了，絕對疏遠了我。

這下完蛋了嘛……

我一邊在短時間內體驗著大量的後悔，一邊看向香織小姐的方向。

接著她用認真的表情開了口：

「是這樣啊，真年輕呢。」

我差點回了一句：「不，香織小姐年紀也跟我差不多吧！」但是決定作罷。

印象中聽說香織小姐的年紀其實跟我差不多。

不過給人的感覺就像成年人一樣成熟。

而且現在並不適合開玩笑。

雖然要是露露在這裡，肯定會說出「妳才年輕吧！」之類的話吧……

不，就說不是講這個的時候啦。
「那，為什麼這樣會讓妳嘆氣呢？」
香織小姐非常認真地追問。
這讓人覺得她不光是氛圍，而是真的很成熟。
「因為那樣……我最近開始覺得……戀愛到頭來只會讓人對男人感到厭煩。」
不談戀愛或許會過得比較開心。
展開追求很開心不過很累，受到追求雖然感覺很好，但如果是沒興趣的對象會覺得很噁心。
「是這樣啊。」
香織小姐聽了我的話之後點點頭。
然後露出狡猾的笑容。
面對這種不常見到，像是有所企圖的臉讓我心跳加速。
原來還有人能露出這種表情啊，好厲害……
這讓我意識到原來光靠可愛是無法在這世界上混下去的。
雖然有種「為什麼要在這時候擺出這種表情？」的想法就是了。
「那麼要不要找個聲援對象？」

「呃……？」

「就是推啦，推！」

「推……？」

這是最近常聽到的詞彙。

去雜貨店之類的地方時，也經常看到所謂的「推活周邊」。

但是沒想到會從香織小姐口中聽到這個詞彙，我不禁有點退縮。

「要不要去我推薦的地方看看？」

「那、那是哪裡呢？」

「在去之前要保密。」

「保密、是嗎……」

「怎麼樣，要去看看嗎？」

我猶豫了一會兒之後握住香織小姐伸過來的手。

她那充滿女性風格的柔軟雙手，此時讓我覺得非常可靠。

「麻、麻煩了……」

「知道了，那麼等結束之後我再聯絡妳。」

「好的！請加油！」

「小娜也要加油喔！」

如此說道的香織小姐就去其他地方拍攝了。

過沒多久便到我也要開始拍攝的時間，於是前往攝影棚。

今天還沒有出現心型符號。

我一邊祈禱不要出現，一邊為了鼓勵自己輕輕拍了拍臉頰。

……雖然趁勢這麼做了，但這樣是不是不太像我啊？

既然都做了不符合自己風格的事情，希望今天不要出現就好了。

○

拍攝在眼睛沒有浮現心型符號的情況下順利結束。

果然是因為我在攝影前做出不像自己風格事情的緣故嗎？

儘管不知道真正的原因是什麼……就當作是這麼回事吧。

換好衣服拿起手機一看，香織小姐已經傳了訊息過來。

『我在入口等妳！』

我照著訊息朝入口走去，發現香織小姐比剛剛更充滿幹勁地等著我。

「辛苦了。」

「辛苦了！那麼，我們走吧。」

「好的！」

或許是我的錯覺，她化的妝看起來比拍攝前更精緻。雖然拍攝前也準備得很充足，現在感覺化得更仔細了……

咦？有人會這樣嗎？

不，依照去的地點或許會吧……誰知道呢？

「現在要去的，是需要這麼認真打扮的地方嗎……？」

由於很不安，我老實地如此詢問。

「啊，我看起來很有幹勁嗎？有點害羞呢。」

香織小姐像是真的很害羞似的臉紅了，那天真無邪的舉止非常可愛，實在很厲害。

「不過，因為既然要去做推活，會認真是當然的！」

她握緊拳頭如此對我說道。

什麼意思，推活會跟人戰鬥嗎……？

即使腦中很清楚身為模特兒的香織小姐不可能做出這種事，由於沒有具體的印象，還是會去想像那究竟是怎樣的活動。

「是這樣嗎？」

「沒錯沒錯，畢竟是要跟推見面嘛，當然會充滿幹勁啊。」

「所謂的推，跟喜歡的人不一樣嗎？」

聽我這麼問，香織小姐瞬間停下腳步。

但很快又走了起來，這該不會是個不該問的問題吧……？

「真是個好問題呢。」

如此說道的香織小姐露出笑容。

看來這似乎是可以問的問題。

我在內心鬆了口氣。

「喜歡的人會想要自己獨占對吧？」

「的確是這樣也說不定呢。」

「可是所謂的推，是只希望他被更多人喜歡，大受歡迎的那種人喔。」

「原來如此……就類似對偶像的感情嗎？」

「嗯……話雖如此，但這只是我個人的意見，不用太在意喔。妳只要找出自己對推的解釋就好了。」

自己對推的解釋是什麼意思呢……即使這麼想，由於聽起來非常有道理，我還是點了點頭。

「香織小姐的推是個怎樣的人呢？」

我突然很在意，便開口發問。

香織小姐本身是個很棒的人。

那麼她喜歡……推崇的，究竟會是個怎樣的人呢？

「嗯～算是個非常耀眼的人吧？」

「非常耀眼的人？」

「嗯，是個為了隨時都很優秀而努力不懈的人，很令人憧憬。」

「是這樣啊……」

有點期待跟他見面了。

不過，我也能跟他見面嗎？

完全搞不清楚是什麼狀況。

可是依舊很期待。

走了一會兒，我們來到了開著許多時尚咖啡廳的地方。香織小姐在其中一間店的前面停下腳步。

「到了，這裡就是進行推活的地方。」

「是這樣嗎……？」

就算仔細觀察，看起來也跟普通的咖啡廳沒什麼區別。這是一間普通的咖啡廳嗎？還是說……？

「準備好了嗎？要進去嘍？」

她像是最後一次詢問似的說道，我的心臟噗通噗通地跳得很快。

完全不知道會出現什麼，雖然害怕，還是好奇地點了點頭。

大門打開。

店裡十分明亮。

映入眼簾的是一群穿著黑色服裝的人。

「歡迎回來，大小姐。」

聽見這種不現實的話，我當場愣住。

大小姐……艾莉姆一直都會見到這種光景嗎……？

我忽然想起那個因為奇妙的緣分，現在還有聯絡的大小姐。

不過我認為從她的處境來看，或許不是這樣。實際上，去她家裡的時候也沒有看到那麼多的女僕。

像這種情況，或許只是方便理解的虛構情境而已。

「怎麼樣，很驚人吧！」

「好、好厲害，我嚇了一大跳。」

「呵呵～最近看帶來的孩子露出這種反應也是我的一大樂趣呢～」

原來她還帶過我以外的人來啊。

是因為特別喜歡這裡嗎？

她開心到甚至讓人產生這種想法的程度。

那成熟的臉龐現在像個小孩子一樣興奮。

這種表情變化非常惹人憐愛。

甚至覺得拍下這個瞬間也不錯。

不過，說不定就是因為私人時間才能露出這種表情……

「歡迎回來，香織大小姐。這位是您的朋友嗎？」

當我如此心想的時候，一名像是店員的人這麼問道。

……究竟該用店員，還是從外表稱呼他為執事呢，實在搞不清楚。

下個瞬間，香織小姐的雙眼變得閃閃發光。

「我回來了！沒錯，她是我當模特兒的朋友，叫做娜娜。希望你們好好接待她。」

「明白了，歡迎回來，娜娜大小姐。我的名字叫做米蕾，今後請多關照。」

「啊，你好……」

從外表來看，眼前如此說道並向我點頭致意的執事確實看起來閃閃發光。他將長髮綁在後面，執事服也穿得很筆挺。

更重要的是，他的笑容很燦爛，看一眼就能明白很出色。

他的內在一定也是那樣，所以香織小姐才會那麼說吧。

在我如此心想的時候，我們在執事的帶領下來到一張三人坐的桌子。

他也理所當然地坐下來，開口詢問我們要點些什麼。

「我是老樣子的套餐！小娜呢？」

「啊，那麼……給我來杯冰紅茶吧。」

沒有食欲的我如此說道。

接著只見他站起身來，從旁邊拿起一個稍大的箱子。箱子裡面排列放置著許多小盒子，仔細一看才發現是用來裝茶葉的。

「本店對紅茶非常講究，種類分為很多種，請問您想選哪一種呢？」

見到這麼多種類，又不想花時間煩惱，於是我說了句「你推薦的」。

即使如此，他依然露出微笑點了點頭。

大概是有很多跟我一樣的客人吧……

「那麼請稍等一下喔。」

這麼說完後，他朝著店裡類似廚房的地方走去。

現場只剩下我跟香織小姐之後，我小聲地開口詢問想確認的事情。

「難不成……這裡是女扮男裝的店嗎？」

「嗯，沒錯，是男裝執事咖啡廳，很棒吧？」

香織小姐若無其事地如此說道。

「我什麼都不知道就過來了……有點吃驚。」

「但是感覺不壞吧？」

「或許……是這樣也說不定呢。」

老實說，我不太清楚。

因為從未去過所謂的主題咖啡廳。

雖然包含私帳在內，有幾次被人說像是會在那裡工作就是了……

明明沒去過那種地方，第一次就被帶來男裝咖啡廳這種有著明顯特色的店，任誰都會感到混亂吧。

可是我不想對香織小姐說這種話，也不願意這麼想。

實際上她是抱著讓我恢復精神的用意才帶我來的，不如說應該感到光榮。

但我十分混亂。

所以沒辦法老實地表示贊同。

由於低著頭會讓自己覺得不太好的想法遭到過度解讀，於是試著裝作很有興趣的樣子開始東張西望。

店內的裝潢本身並非特別奇怪，就是一間有點高級的咖啡廳。

除了店員本身有點特別之外，與一般的咖啡廳大概沒什麼區別。餐點的單價也不算特別昂貴……

「話說回來，老樣子的套餐是什麼呢？」

因為很在意，我順便問了一下。

「嗯？就是蛋包飯跟蔬菜果昔的套餐喔。」

「哦～居然還有這種果昔啊。」

有種以女性客群為主的感覺。

「就跟米蕾小姐說的一樣，這裡不僅紅茶十分講究、料理也很正式，味道很棒喔。下次有機會，希望妳可以點點看。」

「好的，如果有機會一定會點。」

正當我一邊想著自己是否有機會再來，一邊簡單地跟學姊聊天的時候，米蕾小姐拿著飲料回到了這裡。

「這是草莓紅茶，因為做得比較甜，對恢復疲勞很有效喔。」

如此說道的米蕾小姐將茶杯放在我面前。

「……謝謝妳。」

她的關懷令人開心，我不禁笑了出來。

而且茶杯十分可愛，吸引了我的目光。

裝飾也很精緻，實在很棒。

「然後，這是香織大小姐喜歡的蔬菜果昔。」

「謝謝～」

香織小姐接過果昔，插上吸管喝了起來。

「呼……這個味道果然最讓人安心呢。」

她瞇著眼睛喃喃自語地說道。

我也模仿她喝了一口紅茶。

香甜的氣味穿過鼻腔。因為味道很甜，感覺似乎真的能消除疲勞。

但是我看起來有累到需要這樣關懷嗎？

「我看起來有這麼累嗎？」

「香織大小姐帶來的朋友大多都比較疲憊。」
「是這樣啊……」
「我想她是出於溫柔才會帶您過來這裡，我也想回應她的期待。」
如此說道的米蕾小姐露出微笑。
「香織小姐實在很溫柔呢。」
「嗯，我非常喜歡她這一點。」
米蕾小姐像是在說自己的事情般驕傲地說道。
我對她們這種覺得對方很棒的關係產生敬意。
並對自己直到剛剛覺得沒來就好的想法感到後悔。
而成為話題的香織小姐則是很害羞似的喝著果昔。
她的這個動作也很可愛，我覺得這個人實在很厲害。
「那麼，蛋包飯差不多也做好了，我去端過來喔。」
米蕾小姐說完便前往廚房端出蛋包飯。
她端來的蛋包飯實在很好吃，使我開始產生再來也不錯的想法。
而在離開的時候——
「請下次再來，娜娜大小姐。」

米蕾小姐對我露出了燦爛的微笑。

「啊哈，如果有機會我會再來的。」

面對她希望我再次光臨的笑容，我只能露出苦笑。

○

不知道為什麼，一切事情都不順利。

在我這麼想之後，整個人就像是滾下斜坡一樣，做什麼事都不順利。

過了不光是學校跟模特兒的工作都搞砸，連在家裡都會和姊姊吵架的糟糕日子後，到了隔天。

「……真是受夠了。」

當我醒過來的瞬間，就確定自己眼裡浮現了心型符號。

照鏡子一看，發現真的有。

我的直覺只會在這種奇怪的地方發揮作用……

想在私帳上抱怨的時候，發現收到很多通知。

在心想明明最近沒什麼發文，為什麼會這樣而感到吃驚時，才發現我的帳號莫名其妙

7:34

的遭到出征了。

好像是之前那個邂逅廚所引起的。

一大早看到充滿攻擊性和性騷擾的評論，我忍不住有點頭暈。

「正常來說會因為這種事出征嗎……？」

對所有事都感到厭煩的我抱著逃避一切的心情睡起回籠覺。

這麼做本身很舒服，但醒來之後立刻就後悔了。

我沒有告訴學校這件事情。

而且之後一定會被媽媽罵一頓吧。

幹嘛自己增加糟糕的事情啊。

我對自己感到傻眼，但因為無可奈何便決定再睡一下。

然而突然改變了主意。

接著仔細化好妝，前往某間咖啡廳。

那是一間超脫現實的不可思議咖啡廳。

「我真的自己一個人來了……」

重新審視，會發現外觀跟普通咖啡廳沒兩樣。

不過一旦走進店裡，就會見到超脫現實的光景。

由於不知道自己為何要來這裡，我在店門口猶豫不決。

因為之前是跟香織小姐一起來的，所以就算不清楚狀況也能船到橋頭自然直。

但是今天不一樣。

而且，之前沒想到真的會再來。

儘管如此，為什麼我現在會站在這裡呢？

「怎麼了，大小姐？」

此時，或許是從裡面看到我，有人從裡面開門如此對我說道。

對方是之前服務過我的那位執事，名字好像……叫做米蕾之類的吧。

「我不知道這裡適不適合一個人進去。」

我老實地說道。

米蕾小姐聞言露出了微笑。

「當然非常歡迎喔。歡迎回來，大小姐。」

「我、我回來了。」

雖然不知道怎麼說才正確，但今天我想沉浸在這種幻想的氛圍中，於是這麼回答。

「因為您看起來非常疲勞……就點跟上次一樣的紅茶可以嗎？」

「啊，咦，妳還記得嗎？」

她曾經說過這間店的紅茶很講究，種類十分豐富。
沒想到她居然記得只來過一次的我點過的種類……
「這是當然的，畢竟我是大小姐的執事啊。」
如此說道的米蕾小姐帥氣地眨了眨眼。
……這個動作不知為何讓我心跳加速。
不，這一定是錯覺。
肯定是我的誤會。
只是把內心的躁動當成心跳加速而已。
我一邊隱瞞內心的動搖，一邊來到她引導的位置就座。
因為是平日，店裡沒什麼人。
「難不成今天是對求愛性少女症候群感到煩惱才來的嗎？」
「咦，為什麼……啊。」
我發現自己映照在店裡窗戶上的瞳孔，浮現了心型符號。
「因為您的瞳孔浮現了心型符號。」
「啊啊……啊哈哈，很丟臉吧。」
「您為什麼會這麼想呢？」

她像是打從心底覺得奇怪地說道。

「您那雙浮現心型符號的眼睛，非常漂亮喔。」

聽她語氣溫柔地這麼說，我不由得心跳加速。

同時覺得非常害羞，臉頰開始發熱。

「……大小姐您或許覺得討厭就是了。」

這大概是內心的場面話，或者是真心的謊言吧。

一想到她一直在跟各式各樣的人說這種話，就覺得心痛。

……心痛？為什麼？

雖然腦袋明白但心裡不想承認，於是開始逃避現實。

「我的症候群是想受其他人認可的願望……這裡應該用欲望來表現比較正確吧？總而言之，就是因為這樣才會出現的。」

是因為瞳孔被稱讚而動搖了嗎？

冷靜的我覺得講這種話沒什麼意義，嘴巴卻停不下來。

而米蕾小姐並沒有前往廚房，而是注視著我的眼睛聆聽著。

現在會這麼專心注視對方眼睛聽人說話的人可能很少了呢，我默默地如此心想。

「我有個喜歡的人，原本以為自己跟對方關係很好……但似乎是我的錯覺。那個人跟其他女生開始交往，而且還做出為了打情罵俏翹掉班會之類的事。」

「嗯。」

「還有其他男生擅自喜歡上我，而且把我不想要的理想強加在我身上……本來以為只是在網路上遇到了邂逅廚，卻在不知不覺間遭到出征……」

「是這樣啊。」

「我覺得男生真是蠢到家了。」

明明不想這麼說，但嘴巴說個不停。

總覺得心中想的跟說的話有些脫節，感覺很不舒服。

想到這裡，我不知為何流下了眼淚。

雖然連忙用袖子擦掉，但米蕾小姐應該看到了。

「啊、啊哈哈。」

我為了掩飾害羞而笑一下。

明明知道這種乾笑只會顯得自己更加悽慘。

「有、有這種想法的我也是個笨蛋呢。」

「妳很努力呢。」

米蕾小姐非常認真地如此說道。

「說、說什麼努力，沒、沒那回事啦。」
「是嗎？像這種珍惜人際關係的想法就是努力的證據喔，只是您自己沒發現而已。」
「那、那樣不是很普通嗎？」
「就是因為這樣啊。」
「原來、如此……？」
在她的目光注視下，我開始覺得她說得或許沒錯。
「娜娜大小姐值得受到稱讚。」
她的話語中似乎帶著一種力量。
那或許是只在這個地方才會生效的不可思議魔法也說不定。
「我可以稱讚妳嗎？」
「啊……好的。」
我自然地點了點頭。
見到我這副模樣，米蕾小姐露出了溫和的笑容。
「乖孩子乖孩子。」
她撫摸了我的頭。
就算交了男朋友，我大概也會因為髮型會弄亂而要求對方別那麼做。

儘管如此，現在的我卻感到心動。

心臟跳個不停……

自己很清楚對方是名女性。

明知如此，不，或許就是因為這樣吧。

正因為這樣，才會覺得她的鼓勵很溫柔。

感覺有股暖意從胸口擴散開來。

「那個，可以拍張合照嗎？」

因為想要保留這種情感，我對她說道。

對此米蕾小姐露出了微笑。

「當然可以。」

雖然我在跟她一起拍的時候顯得有些害羞，即使如此，仍是一張讓人覺得笑容很可愛的照片。

○

在那之後，我變得很常去米蕾小姐工作的咖啡廳。

話雖如此，高中生的零用錢是有限的。
就算米蕾小姐工作的主題咖啡廳價格設定很有良心，也不可能每天都去。
但是我很想天天都去。
雖然也有只點飲料的方法，不過我不想在米蕾小姐面前做這種充滿貧窮氣息的事。
所以每次都會好好地點一份餐點。
……這樣也有可能會發胖吧？
不，菜單是針對女性設計的，所以應該也有考慮到營養成分吧。
即使如此，我還是必須比之前更努力做重量訓練才行……！
這或許也是一件能提升幹勁的好事。
最重要的是，跟米蕾小姐聊天非常開心。
她總能向我展示新的一面，讓人百看不厭。
「今天有新上市的甜點喔。」
「哇，真的嗎！」
聽到新上市甜點這幾個字，我興奮起來。
「嗯。您之前不是說過想吃法式巧克力蛋糕嗎？」
「啊……這麼說來，我好像說過。」

之前在聊天時談到喜歡吃什麼蛋糕的話題，印象中當時我順著氣氛說出了法式巧克力蛋糕。

「幸運的是當天正好是開發新餐點的日子，我就試著提議了。結果提議順利通過，變成了期間限定的商品。」

「真厲害呢！那麼請給我來一份！」

「呵呵，馬上來。」

不久之後，端上來的法式巧克力蛋糕有著與蛋糕店不分軒輊的濃郁巧克力風味，非常好吃。

「味道很濃，非常好吃耶！」

「那真是太好了」

米蕾小姐露出微笑。

面對她那依然十分美麗的笑容，我忍不住著了迷。

「如果還有其他想吃的東西就說說看，說不定可以加到我們店裡的菜單上。」

「好的，我很期待！」

——有像這樣的日子——

「今天怎麼了？感覺有些消沉呢。」

明明已經盡可能不被發現了，米蕾小姐還是看出我有點消沉。
一定是因為跟各式各樣的大小姐接觸過，使她對情緒波動非常敏感吧。
所以我決定鼓起勇氣說出一切。
「其實我在攝影時犯了錯……」
「嗯？什麼攝影？」
「我姑且有在做讀者模特兒……就是那個攝影。」
「讀者模特兒！真厲害呢，娜娜大小姐！」
「沒什麼了不起的，現在不管誰都可以——」
當我準備說下去時，米蕾小姐用戴著手套的食指抵住了我的嘴唇。
並且用視線示意我別再說下去。
「這是一件非常厲害的事喔。」
米蕾小姐說的話總讓我覺得是正確的。
此時第一次覺得身為讀者模特兒是一件了不起的事。
不過，畢竟讀者模特兒也不是每個人都能當上，所以或許真的很厲害。
不愧是本娜娜大人。
「……是呢。不過，我犯了錯。」

「每個人都會有失敗的時候喔……這件事只告訴大小姐，其實我也經常犯錯。」
米蕾小姐小聲地這麼說道。
「真的嗎？」
「雖然不能說得太詳細……我想想，像是我的房間就不是能給外人看的狀態喔。」
「是、是這樣啊，好意外。」
沒想到米蕾小姐的房間居然會是那樣。
因為對打掃很有自信，希望總有一天能去她房間幫忙打掃呢……之類的。
想到這種程度會不會有點噁心啊？
因為害怕被疏遠，還是別說出來吧。
——也會有像這樣的時候——
「今天客人很少呢。」
由於感覺大小姐與出勤的執事很少，我如此問道。
「因為請假的員工稍微有點多……雖然我認為不會對娜娜大小姐造成影響，但今天我們預計早點打烊。」
「是這樣啊，真辛苦呢。」
「畢竟這種情況很常見，所以我個人不太在意就是了。」

「原來很常見嗎？」

這句話讓我有些吃驚，於是繼續問道。

對此米蕾小姐面帶苦笑回答：

「是啊，在我看來這並不是件意外的事，娜娜大小姐覺得很意外嗎？」

「畢竟這是工作吧？」

即使是讀者模特兒也有許多需要遵守的事，而且也不能隨便請假。

可是這些有正職工作的人居然經常請假，總覺得有點不可思議。

「呵呵呵……」

我明明講得很認真，可是米蕾小姐卻笑了，這是為什麼呢？

「娜娜大小姐真是認真呢。真想把大小姐的指甲汙垢煮給那些請假的喝下肚（註：日本諺語，指向優秀的人看齊學習）。」

「才、才沒這回事呢！」

「既認真又可愛呢。」

「喔、喔……」

——日子就像這樣充滿色彩。

度過了一段完全不膩，開心又愉快的日子。

○

「新客人優惠活動……！」

看到寫在平時菜單上的文字，我忍不住心動了。

給新客人的優惠……我來這裡的次數已經頻繁到不能稱為新客人吧。

這麼一來，很有可能無法參加這個活動。

這讓我有點難過。

如果早知道會有這種活動，或許就會減少過來的頻率了……嗚嗚嗚。

「就是這樣，這是針對新來的大小姐，以及提出邀請的大小姐為對象，可以與身穿新服裝的我們拍照的優惠活動。」

既然提到提出邀請的大小姐，代表我也能參加這個活動，這個事實讓我感到安心。

「新服裝是指那個吧。」

「說得沒錯，就是跟那張照片類似的衣服喔。」

我跟米蕾小姐看向同一張海報。

那是一張店裡排名第一的人身穿白色執事服的海報。

……我一直在想，為什麼米蕾小姐不是店內的第一名呢？

雖然我花的錢只跟一般高中生差不多，但這個人應該能用類似的方法讓很多人迷上才對……真是不可思議。

她的語氣以執事來說比較輕鬆，這正是她的優點。

我的內心既有希望她成為第一名，也有希望她保持原狀的想法。

儘管覺得要是自己更有錢就好了……然而也擔心她要是成為第一名，或許就會變得高攀不起。

自從來這裡之後，心裡就充滿這種矛盾感。

不過還是覺得每天都比以前更加開心，真是不可思議。

「咖啡廳的每位執事都收到了一件白衣，可以跟穿著那件衣服的我們拍照喔。」

「哦——……」

我忍不住發出讚嘆的聲音。

平時的黑色執事服當然也很棒。

但是白色衣服一定也很適合，看起來絕對很棒。

如果能跟她一起拍合照，就算要我把惡魔帶過來也可以。

……我再怎樣也不知道惡魔的長相，還是算了吧。

當讀者模特兒的同伴好像都已經被香織小姐帶來過這間咖啡廳。

這麼一來能依賴的只有學校的朋友圈……但那基本上跟沒有一樣。

說到底，我不太想讓學校的人知道自己會來主題咖啡廳。

畢竟不知道會因此傳出怎樣的謠言。

有沒有那種不會隨便傳謠言，又能輕鬆推薦主題咖啡廳的人呢……？

「啊。」

這時我想到了兩個人選。

不過其中一個人很嚴肅，所以立刻就判斷這可能行不通。

另一個人則是一副隨波逐流的表情，實際上之前也是這樣，只要稍微推一把應該就能搞定。

「就算只拉一個人，也可以跟米蕾小姐拍照對吧？」

我感覺到自己的嘴角浮現笑意。

娜娜

想被人承認的欲望
與症狀有強烈的關聯。
雖然暫時穩定了下來，
但只要戀愛不順利
就會立刻惡化。

◆露露的幕間

久違地收到娜娜的訊息，她還很稀奇地加上了貼圖。

「是要做什麼呢？」

原本以為她是為了炫耀買了新貼圖……但居然不是。

『小露露，我有些話想說，明天放學後屋頂見喔！』

她附上的是一張三億鷗角色低頭致意的貼圖。

有、有種不祥的預感……！

令人感到如此不吉利的訊息，世界上應該很少見吧。

首先，光是被娜娜稱為小露露就覺得背脊發涼。

我不認為她是個會沒來由用這種方式稱呼別人的人。

或者說她平時都是直接叫我名字的。

既然會刻意用這種方式來叫我，大概是想把我捲進某件麻煩事吧。

嗚嗚，真是受夠了……

雖然也有不去屋頂上這種選項。

但是，再收到她很有禮貌的訊息比較可怕。

即使或許不會，感覺她還有可能傳手腕照片之類的東西過來……就算覺得再怎麼想都不至於這樣，然而一想到可能發生就覺得很可怕。

實在沒辦法，我隔天就照她說的前往屋頂。

路上看見了準備跟朋友一起參加社團活動的艾莉姆。

她手上拿著很多書，究竟是打算做什麼呢？

儘管有些在意，但我沒有去跟她搭話。雖然朋友之間搭話很正常，我們又不是那種關係……

話說回來，原來這次沒有找艾莉姆啊。

這讓我感到更加不安……

當肚子開始有點痛的時候，我來到了屋頂的門前。

接著戰戰兢兢地打開門。

在發現我之後，娜娜露出一副像是在說「等妳好久了」的樣子張開雙手走近……然後抱了上來！

「哦，朋友啊！來得好！」

「幹、幹嘛！怎麼回事！」

「娜娜大人我好高興！」

由於覺得莫名其妙，我忍不住推開她。

但或許是她因為模特兒的工作有在鍛鍊吧？

娜娜的力氣比較大，我就這麼被她抱了一會兒。

「這樣實在很恐怖，請妳正常一點啦……」

「我不記得自己做過會讓妳害怕的事耶。」

她放開抱住我腰部的手，恢復到平時的樣子說道。

見到她終於恢復正常，有點放心了。

「那麼，有什麼事嗎？」

「別著急嘛，坐下來聊一下吧。」

「既然妳這麼說……」

我照她說的找了個比較乾淨的地方坐下來。

要坐下來表示會聊很久嗎？

難不成是有事要商量？

「如果是沉重的話題就饒了我吧。現在我正在煩惱升學之類的事該怎麼辦，沒有心情管那些……」

「是這樣啊？」

「嗯……」

就算問我將來的事情，現在光是跟疼痛戰鬥就已經費盡全力，根本沒有頭緒。

儘管如此，老師還是催促我要快點決定，不然會影響到將來，身邊的人好像也都決定了……老實說，我非常沮喪。

「像這種時候，就該進行推活吧！」

「啥……？」

「啊？」

「咿，對不起。」

因為忍不住對娜娜做出太過直接的反應，反而被瞪了一眼。

畢竟沒想到會從娜娜口中聽到「推」這個詞彙嘛……

難不成這個「推」是指她自己嗎？

如果是這樣，我或許能夠理解。

「不必道歉。只要幫我進行推活就原諒妳。」

「幫忙、推活……？」

雖然覺得沒什麼需要得到原諒的，但這大概就是這次要談的主題吧。

「什麼意思？」

「想請妳陪我去咖啡廳。」

沒想到娜娜會說出像普通高中生之類的提議，我停了一會兒之後開口反問：

「……這裡的咖啡廳應該不是某種代稱，而是真正的咖啡廳對吧？」

「代稱是什麼意思？就是正常、普通的咖啡廳啊？」

「例、例如價格很昂貴之類的！」

「就說沒那回事，只是普通的咖啡廳——硬要說的話，價格或許比一般咖啡廳還有良心呢。」

說到這種地步反而讓人覺得可疑，但我沒勇氣繼續說下去。

既然娜娜如此強調，那麼應該是普通的咖啡廳吧，大概。

可是，為什麼去那間咖啡廳要這麼拚命呢？

她明明不是要我陪才會去咖啡廳的那類人。

娜娜是這種性格的人嗎？

不，好像還有件更重要的事……？

「在咖啡廳做推活是什麼意思？」

推活這個詞我不太了解，不知道這是不是會在咖啡廳做的事。

所以我老實地問道，但娜娜卻很尷尬似的別開了視線。

「……祕密。」

娜娜一邊回頭看我，一邊用語尾彷彿會加上愛心符號的甜膩聲音說道。

如果是男生或許立刻就會跟她走，然而很不巧，我不會這麼輕易就被蒙混過去。

「假如繼續講得模擬兩可，我或許會覺得是要去危險的地方而不跟去喔。」

聽我這麼說，娜娜仍然語氣含糊地說：「或許是這樣說沒錯啦……」

她先是開始用手指暫時玩弄著自己弄成天使光圈般的髮梢一會兒，接著像是下定決心似的用雙手拍了拍臉頰。

「我會好好解釋的，這樣妳就願意跟我去了嗎？」

「若是那樣，嗯……只要不去危險的地方就行。」

「妳是有多擔心我會把妳捲進危險的事情啊！」

「不是，畢竟，妳想嘛……？」

「『妳想嘛』是什麼意思啊！」

娜娜鼓起臉頰顯得很生氣，但我認為這也是沒辦法的事。

畢竟是平時行徑導致的。

娜娜生氣了一會兒，最後像是放棄了一樣，平靜地開始說話。

「我最近去了男裝執事咖啡廳。」

「男、男裝執事咖啡廳？」

我差點忍不住大叫出來，由於下個瞬間娜娜狠狠地瞪了過來，事情才能在我大叫之前落幕。

不對，某方面而言事情或許才剛開始。

「不、不僅男裝，還是執事咖啡廳，真厲害呢。」

「很厲害吧。」

娜娜莫名地顯得很自豪。

我認為這不是一件值得自豪的事……但要是講太多餘的話感覺會被瞪得更狠，還是不說為妙。

「那就是所謂的主題咖啡廳對吧？高中生去那種地方沒問題嗎？」

「妳為什麼從剛剛就一直在擔心啊？我看起來有那麼危險嗎？」

這個問題雖然不能直接點頭，但在我無法立刻否認的瞬間，或許就代表肯定了。

「那裡不危險啦，不僅價格真的很良心，聽說還有人從高中開始就在那裡工作。」

「是、是這樣啊。」

只是因為我不了解才覺得危險，實際上那裡或許非常健全，希望是這樣。

「不過，有點意外。」

「意外什麼？」

「娜娜居然會有除了自己以外的推。」

總覺得有點不可思議。

因為認為她總是一副「我才是最棒的！該推！」或許才更讓人這麼想。

此時娜娜瞪大眼睛，呆愣地注視著我。

最後臉頰開始變紅，為了掩飾而用手摀住臉頰。

「被人點破很丟臉耶，別這樣啦。」

她的語氣很認真，看來是真的很害羞。

但我覺得這不是件需要感到害羞的事。

「這件事有那麼害羞啊？『推』這個詞最近很常聽到……我認為有人能讓自己那麼投入，是一件很厲害的事喔？」

就我這個沒有特別喜好的人來看更是如此。

「那、那麼妳願意陪我一起進行推活嗎？」

「這跟那是兩回事就是了……」

「咦——！可以吧，一起去嘛。第一次我請妳啦！」

雖然有種「是真的嗎？」的想法，請客的確是個很有魅力的提議。

畢竟我正好也想去咖啡廳之類的地方。

既然娜娜這麼推薦……去一趟應該也不錯。

反正就算獨自煩惱將來的事，也不可能立刻得出答案。

「那就稍微去一下……」

「太好了！謝謝妳～這下就能跟米蕾小姐拍照了！」

「米、米蕾小姐……？」

「就是我推的執事，人非常好喔。」

「哦……」

原來如此，就是那個人讓娜娜講出「謝謝」這種話的嗎？

肯定是個很棒的人吧。

開始有點期待跟她見面了。

「那麼我們走吧！」

「現在就要去？」

「是這樣沒錯……」

「沒問題嗎？」

「不要緊的，穿著制服去也沒關係。」

「是這樣啊……」

一想到她大概穿著制服去了好幾次，我的心情有些複雜。

「不過，真的不用找艾莉姆嗎？」

此時我問了個在意的問題。

「無所謂吧？反正她肯定忙著參加漫研社的活動。」

「說得也是……」

剛才遇到的時候她好像也抱著很多書，肯定過著很充實的社團生活吧。

這也很讓人羨慕呢。

嗚嗚，總覺得自己老是遭到拋下。

既然這樣，不如照娜娜說的，試著做推活看看吧。

這麼一來或許會有所改變也說不定。

我內心懷著能有好轉變的願望，跟娜娜一起前往男裝執事咖啡廳。

○

前往咖啡廳的途中。

馬路上正對面的某間店裡，走出了一名身穿女僕裝的女生。

與對方對上眼之後，她隨即快步朝我走過來。

「哇～！我看過這件制服！兩位小姐是那間高中的學生嗎？」

女僕小姐用撒嬌般的聲音向我們搭話。

雖然娜娜一副不開心的樣子對她投以「快滾！」的目光，但我無法視而不見，於是點了點頭。

「是、是啊……」

「我有朋友也在那間學校～是個很好的孩子～！所以我覺得自己也能跟兩位姊姊當好朋友喔！」

「是這樣嗎？」

女僕正要拉走我時，娜娜從另一邊把我拉了回來。

就在開始感覺到疼痛時，我總算甩開女僕的手，並說了句：「不必了。」

或許是兩人都很用力，感覺非常痛。
「妳幹嘛被纏上啊，現在不是做這種事的時候耶！」
娜娜再次發了火，這次就算說全都是我的錯也不為過……吧……？
「抱歉抱歉，沒想到她會來搭訕。」
「這一帶有很多像那樣的店，要小心喔。」
「我會注意的……」
嗯——雖然我覺得自己很容易受陌生人搭訕，沒想到會這麼誇張。
或許真的小心點比較好。
「被那種人搭訕不是好事，她們是在小看妳喔。」
「是、是這樣沒錯啦，可是……」
「可是什麼？就這樣讓她帶走比較好嗎？」
「嗚。」
要是我就這麼跟過去，或許會被迫花掉很多錢？就算不是這樣，也有可能遇到危險也說不定？
想到這裡，我用清楚的聲音向娜娜道謝。
娜娜對此似乎十分滿意，說了句「知道就好」之後便重新邁開步伐。

……如果跟來的人是艾莉姆，或許就不會遇到這種小插曲了吧。

畢竟如果有三個人，也許就不會遭到搭訕了……！

想到這裡，突然懷念起那位不在這裡的大小姐。

「那個。」

「什麼？」

「真的不用找艾莉姆來嗎？」

我忍不住作了最後一次確認。

「妳認為那個死板的傢伙會想來嗎？」

「嗯……」

其實我個人有種她或許會來的想法。

但是娜娜堅信她絕對不會出現，所以沒有邀請她……

總覺得之後她會鬧彆扭說：「為什麼不邀請我？」

……嗯，到時候再說吧。

當她如此詢問的時候，就說是娜娜不想邀請她吧。

只要把責任推給娜娜，艾莉姆大概也能接受。

不過，受娜娜邀請去主題咖啡廳確實讓我很驚訝。

而且好像還是男裝執事咖啡廳。
光是男裝就已經很驚人，居然還加上執事這個屬性。
聽說那個男裝執事咖啡廳正在舉辦新大小姐的優惠活動，新造訪的大小姐（跟邀請的人）可以與身穿華麗衣服的執事拍合照……
我在各種感情驅使下跟了過來，但是零用錢所剩不多。
雖然娜娜在邀請時說過會請客，可是不知道她說的是真是假，有點可怕。
畢竟聽說那種咖啡店的價格都很昂貴……真的很實惠嗎？
如果只是娜娜的感覺失常了該怎麼辦？
「妳在緊張嗎？」
「嗯……當然會緊張啊。」
「我一開始也是一樣所以很清楚。」
「妳已經來好幾年了嗎？」
從她的語氣來看，有這種感覺。
所以我這麼反問，但只見娜娜不開心地鼓起了臉頰。
「……沒那回事。」
「咦？為什麼突然不開心了？」

「沒什麼啦！」

「怎、怎麼可能沒什麼啊！」

我們就這麼聊著，不知不覺地來到一間漂亮的咖啡廳門口。

本來以為應該不是這裡，看到娜娜毫不猶豫地走了進去，使我改變想法。

原來這裡是男裝執事咖啡廳啊。

從外觀來看，感覺跟其他咖啡廳沒什麼兩樣……

「歡迎回來，大小姐。」

「哇啊……」

推開門之後那相當不真實的迎接方式使我十分震驚。

突、突然這樣也太厲害了……

能夠從容回答「我回來了」的娜娜也很驚人。

我認為她應該是個常客，但還是很佩服。

「米蕾小姐也在吧？」

「當然了，我一直在等娜娜大小姐回來喔。歡迎回來，這位是您的朋友嗎？」

「沒、沒錯沒錯！對吧，露露！」

娜娜用一副要我配合她的眼神看了過來，於是我拚命地點頭。嗚嗚，真希望她別再用這麼可怕的眼神看我了。
「露露大小姐跟娜娜小姐感情很好嗎？」
「嗯，怎麼說呢，就跟普通朋友一樣吧……」
「那就好。」
娜娜癡迷地注視著露出開心笑容的執事小姐。
我不知道該擺出什麼表情看待她才好。
有點不太想知道認識的人也有這樣的一面耶……
話雖如此，就算把視線從娜娜身上移開，我也不知道該往哪裡看，只能東張西望。
或許是發現了我的舉動，米蕾小姐帶我們到位置上。
上、上次被人拉開椅子就坐，還是小學時為了上禮儀課去店裡的時候耶……
「這個給妳」
「謝、謝謝。」
坐在一旁的娜娜遞了菜單過來。
打開一看，價格的確不算特別貴，連我都付得起。
不過稱不上是划算，這點果然是因為娜娜的價值觀有點麻痺了吧。
「畢竟露露是第一次來，我請客吧。」

當我想到這裡時，娜娜這麼說道。

看來她似乎真的打算請客。

「哇，真的嗎？」

「當然了，這是感謝妳陪我來拍照的謝禮。」

「好高興呀。」

「呵呵，真溫馨呢。」

再次現身的米蕾小姐換上了一襲純白色的衣服。

呃，咦？明明沒有離開多久才對，為什麼要換衣服啊？

快速更衣？還是偶像？

「這套衣服也很棒呢！」

「是嗎，謝謝您。」

娜娜對此似乎毫不在意，只是不停地對米蕾小姐發出喊聲。

……某方面而言她或許真的是個偶像呢。

然後娜娜跟米蕾小姐去了店內的攝影棚拍照。

雖然我應該是下一個，總覺得不怎麼真實。

或者該說我仍然無法把這個當成自己的事。

在開始思考這件事之後不久，娜娜把我推進攝影棚。
我跟叫做米蕾小姐的執事兩人一起站在鏡頭前。
「呃……我是第一次這麼做，該怎麼做才好呢？」
因為不知道該怎麼辦，我語氣顫抖地老實詢問。
米蕾小姐彷彿想讓我放心，露出了燦爛的笑容。
她長得好漂亮……
如果不說，感覺我不會知道她是個女生。
「有沒有想要擺的姿勢呢？」
「我、我不太懂這方面，由妳決定吧。」
「那麼就一起做個愛心吧，另一邊可以拜託您嗎？」
愛心！難度突然也太高了吧！雖然這麼想，但畢竟想不到其他姿勢，況且說要交給她的人也是我……想到這裡，我戰戰兢兢地用單手擺出愛心手勢。
接著跟米蕾小姐的愛心手勢放在一起。
「有點遠呢，可以再稍微靠近一點喔。」
如此說道的米蕾小姐居然伸手摟住了我的肩膀！
她的臉靠得很近，我心跳開始加速，似乎還聞到了很香的味道……！

下個瞬間，原本看著我們的娜娜視線中感覺參雜了怒氣，這不是我的錯吧！

只是米蕾小姐很有服務精神而已吧！

拍攝就這麼在我腦袋一片混亂的時候結束了。

因為拿到一張與米蕾小姐在極近距離下比出心型符號的照片，看來拍攝是成功了。

儘管我的表情太過僵硬，到了連自己都覺得好笑的程度就是了……

「雖然說過要請客，可以當作沒那回事嗎？」

再次回到座位之後，拿著菜單的娜娜如此對我說道。

「為、為什麼要講這麼壞心眼的話啊。」

「畢竟我又不知道妳們會靠得那麼近！」

「好了好了，冷靜點，娜娜大小姐。」

此時米蕾小姐不知何時換回了黑色執事服並走到桌邊，將臉湊近娜娜。

「您就那麼想靠近我嗎？」

「是、是的……」

突然擺出少女表情的娜娜有點有趣。

但要是笑了她可能又會生氣，所以我忍了下來。

「呵呵，真是個可愛的大小姐。」

「啊、咦，謝謝妳……」

米蕾小姐從娜娜身邊稍微退開，偏著頭露出了笑容。

「這麼可愛的大小姐會遵守約定吧？」

「是的，我會按照約好的請露露！可以吧，露露？」

「咦！謝、謝謝……」

……總覺得她像是看穿了娜娜的一切，有點可怕。

不過，娜娜或許包含這點在內都很享受吧？

那麼我應該不用在意吧。

想到這裡，我再次看起菜單。

既然娜娜願意請客，就不用太在意價格，輕鬆了許多。

最後我點了今天推薦的義大利麵跟柳橙汁。

娜娜說為了減肥只點了咖啡。

感覺像是我食欲很旺盛一樣，但不需要在意吧？

畢竟媽媽也說過要趁高中的時候多吃一點。

娜娜依依不捨地看著米蕾小姐拿著我們的訂單走向廚房……

但她很快就恢復以往的表情，轉頭朝我看了過來。

「怎麼樣，露露？玩得很開心吧？對吧？」

「嗯、嗯……」

並且這麼問。

我有點緊張地點點頭。

或許是因為待了一會兒，我冷靜許多，開始能夠注意周遭的情況。

身邊到處都是穿著帥氣服裝的女性。

不可能不心動。

雖然不習慣這種地方，但看到帥氣的對象時我就會自然地興奮起來……用這種方式享受應該可以吧？

大家都是為了看帥氣的執事才過來的吧？

如果是這樣，也難怪娜娜會對此著迷。

不，即使應該達不到娜娜那種程度……我開始覺得這樣也不壞。

甚至到了想趁冷靜下來的時候重拍一張照片的程度。

「米蕾小姐很帥對吧？」

娜娜自信滿滿地如此說道。

儘管不知道她為什麼這麼驕傲就是了。

「嗯，我覺得她很帥。」
「先推她的人是我喔。」
「我、我又不打算跟妳搶……」
「是嗎？妳不會花更多錢，或是每天都來嗎？」
「不會……話說這辦不到啦！」
要是做這種事，零用錢瞬間就會花光。
頂多兩天就是極限了。
如果這麼著迷或許不覺得辛苦，但是目前我不覺得自己會沉迷到那種程度。
……假如迷上了也會很困擾就是了！
「要是喜歡到不惜借錢怎麼辦啊！」
「為什麼要這麼激動啊！」
話說回來，高中就借錢很不妙吧……
「……難不成娜娜走到那一步了嗎？」
她彷彿能明顯聽見效果音似的抖了一下。
「才、才沒那回事呢。」
「我只是開個玩笑，難不成有可能發生嗎……？」

「真的沒那回事啦！那麼做反而才會給米蕾小姐帶來困擾呢。」

「或許真的是那樣。」

「不要說得一副妳很懂的樣子！」

「兩位感情真的很好呢。」

「是的！我們是好朋友呢～對吧，露露？」

「沒、沒錯——……哈哈哈……」

……每當米蕾小姐出現時，總覺得娜娜連語氣都變得溫柔了，是錯覺嗎？開始有點搞不清楚了。

我腦袋一片混亂地吃起端上來的義大利麵。

「嗚哇，真好吃……！」

味道就像是在正宗義大利餐廳吃到的義大利麵一樣，讓我非常吃驚。

娜娜在來的路上說過這裡的餐點也很講究，非常好吃。當時我很懷疑，但似乎是真的，好厲害。

「好吃嗎？那真是太好了。」

笑著如此說道的米蕾小姐看起來總覺得閃閃發光，一定是我的錯覺吧。

接著我一邊守望著跟米蕾小姐聊天的娜娜，一邊享用義大利麵。

途中由於娜娜的舉止太不像她，我差點笑出來，但好不容易忍住了。
形象差太多實在很困擾……！
娜娜是刻意這麼做的嗎？還是這就是本來的她呢？
無論是哪種都很讓人困擾，不過我還是努力吃完了義大利麵。
「差不多該回去了。」
時間也過了很久，娜娜看起來似乎也很滿足。
她說完並站了起來，於是我也起身離開座位。
「請慢走，大小姐。」
「好……」
在米蕾小姐她們的目送下，我們離開了男裝執事咖啡廳。
直到最後都讓人十分吃驚呢……
「今天很開心，謝謝妳。」
「是嗎，那就好。會上癮嗎？」
「不，我想應該不會……」
「是這樣啊，那也無所謂。」
「無所謂嗎？」

「畢竟要是太過投入，花了比我更多的錢就麻煩了嘛。」
「那樣我也會很困擾啦……」
高中就借錢實在很不妙。
「不過，感覺還不壞喔。能轉換心情也是事實。」
「能和穿特別服裝的米蕾小姐拍照我也覺得很棒，謝謝妳。」
「如果說是米蕾小姐要求妳道謝，感覺就能接受了。」
「什麼意思，莫名其妙耶。」
抵達附近的車站後，我跟娜娜道別，各自回家。
與娜娜分頭之後感覺疲勞一口氣湧上，在回程的電車上不小心差點睡著，真是危險。
差點就發生之前那種事了。
我真是個冒失鬼，得注意點才行……

○

這是在去男裝執事咖啡廳之後，過了一陣子發生的事。
「咦？」

今天我不知為何想要去屋頂，實際上去之後，發現艾莉姆跟娜娜都在那裡。
兩人雖然各自做著自己的事，視線卻不時交會，氣氛有點緊張。
簡直就像在爭奪地盤似的，讓人難以靠近。既然都走上來了，離開也挺麻煩的，於是我索性在兩人面前找了個位置坐下。
「妳們兩個都在想未來的出路嗎？」
由於一時想不到話題，我抱著是否能得到建議的想法，試著扔出目前最煩惱的事。
於是兩人各自停下手上的動作，朝我看了過來。
「我要當占卜師。」
「還要繼續那個話題嗎？」
「假如我認真想當，妳不覺得這樣講很失禮嗎？」
「如果是真心想當請先說啊。」
「不過嘛，我覺得試著做做看或許會很有趣。」
「任何職業都是那樣吧……」
「是嗎～？」
「娜娜給人有種會在主題咖啡廳工作的印象耶……」
此時我不經意地小聲說道。

「不，不可能不可能！」
雖然她立刻否認，但我覺得她不用那麼強烈地否定。
「不是，之前妳帶我去的地方或許是這樣沒錯，但途中遇到女僕小姐的地方，感覺有很多像是娜娜這樣的女孩子耶。」
「妳不覺得講這種話對雙方都有點失禮嗎！」
「主題咖啡廳……？那是什麼？」
聽見這句話，我跟娜娜互看一眼，同時覺得「糟糕了」。
但是娜娜的表情依然強硬。
或許她反而覺得這是個好機會。
「哦～大小姐也有不知道的事情啊。」
「那、那當然啊！別藉此以為自己占到優勢，直接告訴我也可以喔。」
「老實說『告訴我』不就行了。」
娜娜一邊無奈地看向瞪著自己的艾莉姆，一邊開始解釋主題咖啡廳是什麼。
「主題咖啡廳的完整名稱是『主題扮演咖啡廳』，是一種能夠跟扮演成各種主題的服務生開心聊天，並享受餐點的咖啡廳喔。」
「世界上居然還有這種東西……」

看著流暢地說明的娜娜和一臉認真聽講的艾莉姆，我心中充滿了難以言喻的想法。

這到底是什麼情況啊……

「妳們兩個沒邀請我就一起去了主題咖啡廳嗎……？」

一定是覺得沒有受邀很寂寞吧。

如果我站在同樣立場，應該也會這麼想。

雖然我跟娜娜她們不算是朋友，也不知道為什麼會這麼想。

「畢竟我覺得大小姐不會想去那種地方嘛。」

「只要是可以當作漫畫素材的地方，無論哪裡我都會去。」

「哼嗯——就算是情趣式賓館也一樣嗎？」

「情趣式賓館……？」

啊——她又開始灌輸奇怪的知識了。

「要是刺激到艾莉姆的好奇心怎麼辦？」我差點說出口。

但要是講出這種話，總覺得會讓艾莉姆更加好奇，於是我只露出一副傻眼的表情。

「抱歉，當我沒說。」

娜娜也沒有任何抱歉的樣子，把話題轉了回去。

「小艾莉姆也想去主題咖啡廳對吧？」

「請別加上『小』字。」

艾莉姆露出背脊發涼的表情看著娜娜。

在收到娜娜加上「小」字的訊息時，我或許也是這種表情吧。

「艾莉姆對主題咖啡廳有興趣挺讓人高興的。畢竟希望有人能在比不上我的範圍之內做出貢獻。」

「什麼意思，貢獻是指……？」

「這個啦。」

娜娜擺出錢的手勢。

真是現實的話題。

「畢竟假如艾莉姆願意貢獻，我的推就有可能成為第一名嘛……啊，當然不可以貢獻的比我多喔。」

「哈啊。」

「而且……要是米蕾小姐成為第一名，她或許就會變成大家的……該怎麼辦啊？」

「怎麼辦是指？」

「身為粉絲，雖然也有希望她成為第一名的想法，但要是一口氣變得太受歡迎，導致難以接近就本末倒置了呢。如果可以，希望米蕾小姐能成為只屬於我的人，不過那是不可能的……」

「哈啊……」

娜娜用非常快的速度，喃喃自語地說出那方面的煩惱。

該怎麼說呢……非常像個御宅族。

不過娜娜沒有這方面的自覺吧。

她應該也不想被人認為像個御宅族。

感覺她似乎也沒發現自己在自言自語。

艾莉姆一定也跟我有類似的想法，看起來有點敬而遠之。

嗯，代表她就是喜歡到這種程度，這是一件好事吧，大概……

「女僕也是那種主題？的其中之一嗎？」

「沒錯沒錯，或者說那才是最主流的類型吧。」

「是這樣啊，有很多像是愛衣一樣的人……？」

「我想大概跟艾莉姆想像中的女僕不太一樣喔……」

「咦？不一樣嗎？？」

「感覺就像是……有很多一開始遇到的娜娜……」

「有很多個我這種說法非常失禮耶！還有明明聊得正開心，不要插嘴啦！」

「不、不用那麼生氣吧！」

娜娜拚命到讓人覺得有點可怕的程度。

是什麼讓她這麼做……不，就是米蕾小姐吧，可是又為什麼要做到這樣……

此時娜娜咳了幾聲，再次開口：

「主題咖啡聽有很多種類的話題暫且放在一邊。我會去的是一間男裝執事咖啡廳。怎麼樣？感覺能當漫畫的主題吧？」

「男裝……執事……咖啡廳……」

艾莉姆慢慢地重複這幾個詞彙，明顯感到十分混亂。

即使我看到很困難的數學題目，大概也不會這樣吧。

但看到她如此混亂的模樣，總覺得有些有趣。

原來人在聽到自己不熟悉領域的詞彙時，會那麼動搖啊。

「……是由身穿男裝的執事們經營的咖啡廳嗎？」

過了一陣子之後，艾莉姆擠出這麼一句話。

「沒錯沒錯。如何？有興趣了嗎？」

「是呢……的確是很有趣啦……」

「妳說的『有趣』，應該不是不愉快的那種『有趣』（註：不愉快的日文發音跟有趣相近）吧？」

「我是真的覺得很有趣喔，為什麼妳會這麼想呢？」

「哎呀，因為覺得艾莉姆挺嚴肅的，可能會覺得這樣很不純潔。」

「我並不認為不純潔就是差勁的事喔，可不想要有那種跟母親大人一樣的思想。」

「原來如此。」

從艾莉姆的發言看來，她的家庭似乎仍存在一些隔閡。

因為她正在畫漫畫，或許反而讓那隔閡加深了也說不定。

即使如此還能繼續畫漫畫，肯定是因為艾莉姆很堅強。

就是因為這樣，我才會被拋下吧。

想到這裡，總覺得自己很悲慘。

這肯定是既無法變得堅強，又不好好努力，只是每天忍受疼痛的我不好。

就算很清楚這一點，但我不知道該如何改變自己。

在周圍的人逐漸改變的時候，只有我獨自被留下……

「下次我會帶妳去的，請多指教。」

「……我才該請妳多多指教。」

在我發呆的時候，話題似乎已經告一段落。

艾莉姆像是有些期待地點了點頭。

不過表情看起來有點不情願，或許是討厭對娜娜道謝吧。我有點能體會她的心情。明明不討厭向艾莉姆低頭呢。

果然是因為平時的言行舉止吧。

露露
因為症狀遲遲沒有改善，
對於跟艾莉姆和娜娜有了差距
感到焦慮。

「小娜！妳最近表情變得挺豐富的，狀態真好呢！」

「是這樣嗎？謝謝！」

表情變得更豐富了嗎？

雖然我沒有自覺，既然其他人這麼想，那應該就是如此吧。

理由很單純。

自從遇到米蕾小姐之後，我有種自己心中的感情被慢慢帶出來的感覺。

至今為止，我一直對表現情緒這件事抱持冷淡的態度。

所以會無意識地壓抑露出感情。

但是現在，我開始覺得自己至少要能對想表達情緒的對象清楚地傳達自己的想法。

這是很大的進步。

大概吧……不，絕對是這樣。

這都是因為有米蕾小姐在，託了她的福。

要是沒有遇到那個人，我一定會一直沒什麼改變吧。
所以，這是感謝的表現。
所謂的感謝，要是不當面說就沒有任何意義了吧。
今天我也拿這件事當作藉口前往咖啡廳。
這條路我已經很熟悉。
就算說是閉著眼睛也能走到咖啡店或許也不為過。
我來到店門口，推開有點沉重的門。
「歡迎回來，大小姐。」
「我回來了。」
店裡的人一如既往地迎接我。
在從眾多執事中見到米蕾小姐後，我能清楚地感覺自己臉上綻放了笑容。
「歡迎回來，娜娜大小姐。」
聽見米蕾小姐這麼說道的我一邊感到開心，一邊在她帶領的位置就座。
「今天也交給米蕾小姐推薦了。」
我不看菜單直接如此說道。
「好的……您最近一直這樣點菜呢。」

「因為這樣從來沒有失望過。」

她一直都會端來我想吃的東西，甚至到了彷彿看穿我想法的程度。

「符合您的期待真是太好了，那麼請稍待一會兒。」

我看著米蕾小姐走向廚房，開始思考今天要做什麼。

應該跟她拍合照嗎？

還是拍米蕾小姐單人的照片……

兩邊都很有魅力，令我十分煩惱。

一起拍照片能夠近距離坐在一起，非常有魅力。

可是單人拍攝時她會理所當然地擺出帥氣的姿勢！超讚的！我超喜歡！

總覺得因為沒有我這個邪念在，她看起來更加閃亮。

自從發現這件事之後，我就每次都在煩惱。

實在很困擾。

但這是一種令人開心的煩惱，所以會不自覺地露出笑容。

很噁心嗎？

每個來這裡的大小姐都會因為同樣的煩惱露出笑容所以沒關係！雖然是我猜的！

「讓您久等了，今天的推薦是蛋包飯喔。」

「哇～！謝謝妳！」

我正好想吃有蛋的料理，真開心！

我一邊慢慢享用著料理，一邊在腦海思索……上次拍了合照，那麼今天請她單獨擺姿勢拍照吧。

在遇到特殊情況之前，輪流似乎是個不錯的選擇！

「今天上課也辛苦了，是遇到什麼特別的事嗎？」

「我覺得跟平時沒什麼兩樣啊。」

「嗯？」

「這句話感覺有點像媽媽說的呢。」

聽我這麼說，米蕾小姐突然愣住。

因為沒想到她會有這種反應，讓我有種自己犯了錯的想法並緊張起來。

「媽、媽媽只是種比喻啦……那個……」

「……不，您沒有說錯，我剛剛也想到母親經常對我這麼說。」

「是、是這樣嗎……？」

「呵呵，明明是自己在說，卻很自然地引用了別人的話，實在很丟臉呢。」

「才不丟臉呢。會不知不覺地說出令堂說的話，米蕾小姐也是個普通人呢。」

「娜娜大小姐真是的……難不成您一直以為我是外星人嗎？」
「我一直覺得米蕾小姐厲害到不像個普通人喔！」
「能讓您這麼想我很榮幸。不過我也是個普通人，這點希望您能理解。」
「好的！」
「雖然不想懷疑大小姐，但有點擔心您是否真的聽懂了呢……」
露出苦笑的米蕾小姐也很可愛，讓我更喜歡她了！

○

在決定帶艾莉姆去主題咖啡廳的幾天之後。
配合彼此行程的結果，我們再次決定放學後穿著制服前往。
露露不知為何也打算跟來，於是我刻意事先提醒她這次不會請客。
然後到了約好的那天。
我們幾個在學校的玄關前集合。
「真的要跟來嗎？妳不是說不會著迷？」
「即、即使沒有著迷……我擔心娜娜會對艾莉姆灌輸更多奇怪的東西，所以要跟著妳們。」

「真是不可靠呢……」

「別說那種話啦……！」

艾莉姆也講得很過分。

不過，露露大概覺得遭到排擠比較討厭吧。

她肯定是這麼想的。

明明我們又不是朋友，就算遭到排擠也不用在意呢？

接著我們沿著之前的路前往咖啡廳。

「娜娜迷上咖啡廳的理由是什麼呢？」

途中艾莉姆這麼對我詢問。

「……會講很久，沒關係嗎？」

「不如說長一點比較有趣所以沒關係喔。」

雖然覺得有趣是什麼意思，但畢竟沒什麼機會講，於是我清清喉嚨說了起來。

「首先，我不是一直在煩惱求愛性少女症候群的事嗎？」

「妳還在煩惱啊？」

「姑且不論其他部分，因為發生了很多事，所以又開始煩惱了。」

畢竟不想說明愛上別人又失戀的事，所以總之只說自己又開始煩惱。
「她肯定了抱持煩惱的我。這讓我非常高興，不由得心動了起來……」
「原來如此。畢竟肯定確實是溝通很重要的一環。」
「對對，然後啊，我覺得無論是模特兒還是主題咖啡廳的工作人員，大多都很強調自我。」
「哦～是這樣嗎？我不太了解所以無法肯定就是了……」
「就是這樣喔！可是米蕾小姐並非如此，她總是以執事身分讓客人，也就是大小姐很有面子，不覺得很厲害嗎？」
「如果那位叫米蕾的人真的完全投入在執事這個身分，那她應該是個專業人士吧。」
「沒錯！她是個專家！」
不愧是家裡有女僕的艾莉姆，果然很懂嘛！
「而且她作為執事的態度很自然。」
「自然、是嗎。」
「這也讓我得到了很多靈感，甚至在當模特兒也能拿來參考呢，很厲害對吧！」
「……我充分理解到娜娜妳非常喜歡那個人了，對吧，露露？」
「嗯。這種感覺從上次就很明顯地感覺到了……」

「只要能表現出這點就夠了！所以就算妳跟我推同一個人，先來的人是我，所以不可以貢獻太多喔！」

「這件事我很清楚，而且我想自己應該不會像娜娜妳那麼投入，還請放心。」

「真的嗎～？感覺妳意外地會很著迷耶。」

畢竟很有趣，因此我並非不希望發生這種事，但如果她貢獻的比我還多就麻煩了，所以希望她去推別人呢。

「……因為我的心裡一直都存在一名女僕。」

「啊——……」

這麼說來的確是呢。

如果是這樣，她一定不會那麼投入吧。

看不到她有趣的模樣有點遺憾。

「這麼說來——」

「說來？」

艾莉姆露骨地轉移了話題，明明我還想多聊一點米蕾小姐的魅力！

「離開車站之後不時能見到女僕小姐，她們大家都，那個……」

「裙子很短？」

我一邊想著「原來如此」，一邊順著她的話說了下去。

「是、是呢，非常性感。」

「畢竟那就是賣點啊。」

「賣點是什麼意思？」

「啊……要重新解釋有點困難，該說要靠感覺去感受嗎……」

「靠感覺去感受是什麼意思？妳剛剛明明還挺能言善道的，請不要突然用這麼模糊的方式說明。」

「就是說什麼都要我解釋很麻煩啦！」

在設法避開感到不滿的艾莉姆提問後，我們好不容易抵達咖啡廳。

艾莉姆跟上次的露露一樣打算直接走過門前，但見到我的樣子之後停下了腳步。

「這裡就是有男裝執事的咖啡廳嗎？看起來跟普通的店一樣呢……是很會偽裝嗎？」

「偽裝是什麼意思啊！」

「所謂的偽裝……就是指裝成其他東西的模樣。在這個情況下，就是說這間店裝成了普通咖啡廳的樣子吧。」

「不，我不是說這個，別說了。」

「哈啊。」

我傻眼地制止了開始解釋偽裝意義的艾莉姆。

就說真的不是在講那個啦……

「那個啊，真的很厲害喔。」

「知道了，總之我們進去吧。」

艾莉姆大膽地推開了門。

她在奇怪的地方很有膽量，讓我嚇了一跳。

「歡迎回來，大小姐。」

「原來如此……」

我一邊想著第一句話是「原來如此」是什麼意思啊！一邊尋找米蕾小姐的身影。

「哎呀，今天您也帶了朋友來嗎？」

「啊，今天正好帶了對這裡有興趣的孩子過來……」

「是這樣啊。」

雖然覺得可以把露露當作朋友，感覺艾莉姆可能辦不到，於是我用了準備好的說詞回答她。

露露擺出一副驚訝的表情看著我，艾莉姆則瞇起了眼睛。

……她們那是什麼感情啊，是覺得很虛偽嗎？

「能引起各位的興趣是我們的榮幸。歡迎光臨，大小姐。」

「妳就是米蕾小姐嗎？」

「哎呀，居然在自我介紹之前就知道我的名字，真是榮幸。沒錯，我叫米蕾，今後請多多關照。」

「請多指教。」

「我才是，請多指教。」

接著她們兩個居然握手了！

得知也有這種接觸方式之後，我感到震驚。

艾莉姆果然不可小覷。

「……總覺得有點火花四濺，是我的錯覺嗎？」

「是妳的錯覺吧？」

因為「跟米蕾小姐針鋒相對沒意義吧」的想法很強烈，我如此回答。

「那麼，總之請先就座，讓一路走來的雙腳休息吧。」

「謝謝妳！」

米蕾小姐的關懷讓我很開心，便搶先道謝。

此時艾莉姆露出了驚訝的表情。

……雖然露露也這麼說，就說我也是會道謝的啦。

只是不怎麼會這麼想所以機會很少罷了。

「那麼，請各位看菜單決定要點些什麼吧？」

如此說道的米蕾小姐一一將菜單遞給我們。

「有件重要的事忘了說！這裡不僅可以吃到品質很好的食物，紅茶也十分講究，真的很厲害喔！」

「是這樣啊……請問，那個叫做起司蛋糕的是哪種類型呢？」

「今天進的是味道濃郁口感濕潤的種類。」

「原來如此……那我要阿薩姆奶茶跟起司蛋糕。」

過了一會兒，艾莉姆這麼說道。

米蕾小姐很能理解似的重複了一次餐點。

「難不成您對紅茶很了解嗎？」

「只是剛好知道而已……應該有阿薩姆奶茶吧？」

「那當然，早就為大小姐準備好了。」

「那就麻煩妳了。」

「那、那我也要一樣的！」

露露像是受到影響似的點了餐。

雖然很在意米蕾小姐稱為「很了解」的餐點組合，但要跟讓她這麼想的艾莉姆點一樣的東西令人有點不情願。

或者說，我開始有點不開心了。

應該保持冷靜，我卻靜不下心。為什麼米蕾小姐會看起來有點中意艾莉姆呢？明明她們才剛認識。

「娜娜大小姐呢？也要跟您朋友點一樣的嗎？」

正在煩惱時，米蕾小姐這麼問我。

「說得也是呢……麻煩妳了。」

聽米蕾小姐如此詢問，我只能作出肯定的回答。

儘管有點後悔，既然同意了也不能反悔，我輕輕地握緊了拳頭。

「我明白了。三份阿薩姆奶茶搭配起司蛋糕對吧？那麼請諸位稍候。」

當米蕾小姐拿著訂單前往廚房後，艾莉姆再次露出一副能夠理解的表情說：「原來如此。」

「確實，以執事待客的方式很自然呢。就算每句話聽起來都很像在演戲，不過不覺得奇怪。」

「我、我就說吧。」

見到米蕾小姐的優點傳達出去，我的臉上自然地綻放了開心的笑容。

「我家的執事雖然語氣沒有那麼輕鬆……但這種反差似乎也是她的優點呢。」

「沒錯！就是這樣！」

我差點激動到要伸手握住艾莉姆的手，不過在採取行動之前停了下來。畢竟現在可不是興奮的時候。

於是我清了清喉嚨，慢慢地點頭。

「艾莉姆也能知道米蕾小姐的優點真是太好了。哦呵呵。」

「……現實中的夫人或許真的會發出這種笑聲就是了。」

就算不講，我也知道她是想說我不適合這種笑聲。儘管內心知道，還是忍不住露出了笑容。

「娜娜，妳也太開心了吧。」

「是嗎？」

聽露露這麼說，我壓住自己的嘴角。

但無論如何都壓抑不住笑意，遲遲無法回到原狀。

「娜娜看起來很開心呢。」

「與其說是開心，不如說是高興。」
「咦？為什麼？」
「畢竟我的推被稱讚了嘛，那當然會覺得高興啊！」
「是這樣嗎……」
或許是無法體會，露露不解地偏著頭。
我認為與人分享推的優點非常重要。
雖然無法壓抑想獨占她的念頭，但所謂的推是類似偶像的存在，所以跟大家一起討論優點一定會很有趣。
所以直到蛋糕和紅茶端上來為止，我都在盡可能地闡述米蕾小姐的優點。
露露和艾莉姆都很感興趣似的聆聽著。
當我越說越激動，開始變得幾乎像是在吐露愛意的時候——
「讓各位久等了，這是阿薩姆奶茶跟起司蛋糕。」
米蕾小姐與另一位執事端了蛋糕和紅茶過來。
咦？米蕾小姐的臉紅通通的，這是為什麼呢？
難不成是發燒了！若是那樣我想照顧她……可不可以呢……？
「娜娜大小姐……表達愛意讓我很開心，但有點害羞呢。」

米蕾小姐的一句話使我回過神。

感覺我好像說過頭了……？

「總、總而言之我喜歡米蕾小姐！」

我一邊這麼辯解，一邊喝了一口紅茶。

好燙！

嘴巴好像燙傷了！

嗚嗚，如果會這樣，果然還是獨占她比較好吧……

◆無法回家少女發生的偶然

拿漫畫取材當作藉口，我基於好奇心來到了名為男裝執事咖啡廳的地方，沒想到這裡比預料中還要有趣。

不僅起司蛋糕好吃，紅茶的種類也豐富……甚至到了覺得還能再來也不錯的程度。

……啊，對了。

差點就被氣氛牽著鼻子走了。必須拍攝資料用的照片才行。在漫研的群組傳了要去男裝執事咖啡廳的事情之後，她們請我拍攝一些照片，必須好好完成才行。

姑且跟店家徵詢許可比較好吧？

該怎麼開口呢？

應該老實地對她們說要做漫畫取材嗎……感覺有點害羞呢。

正當想著這種事情的時候，我弄掉了手機。

在準備撿起手機時，別的客人搶先一步替我撿了起來。

「謝、謝謝。」

我一邊覺得感激，一邊心想有人即使在室內也戴著帽子壓低帽緣真是稀奇。但或許是撿手機時低頭失去了平衡吧。

她的帽子掉了下來……

「咦，愛衣……？」

隱藏在帽子底下的，是我一直希望再次見到的面孔。

她為什麼會在這裡？

或、或許只是長得很像的其他人吧……

……不對，我不可能認錯愛衣的臉。

她不可能會在這裡。

但是這張臉毫無疑問是愛衣。這兩種相反想法同時浮現在腦海中。

因此我當場愣住了。

「艾、艾莉姆大人……！」

啊啊……

從反應來看，這個人毫無疑問是愛衣。

是因為有點憔悴了嗎？

她那雙美麗的眼睛看起來也有點消沉。

那都是因為我過去……太愚蠢的關係。

「……不好意思，今天我就先回去了。」

在我身陷自責的情緒中時，她輕輕地將手機放回我的手掌上。

接著對執事小姐這麼說並拿出錢包。

肯定是覺得跟我見面不太好吧。

她那宛如逃避的背影讓我心中一陣刺痛。

但是我什麼都不能做。

「沒關係嗎？她好像有什麼話想說耶。」

娜娜如此詢問我。

離開時，她原本緊閉的嘴唇似乎曾經試圖開口。

顯然有很多話想對我說吧。

但是她依舊選擇離開。

我心中充滿了想留下匆忙離開我眼前的她的心情。

然而一想到自己是否有資格這麼做時，就無法採取行動。

「沒關係，這樣就好了，一定是的……」

好不容易擠出的話，沙啞到讓我懷疑是否是從自己嘴裡說出來的。

自從發生神祕的邂逅事件後，艾莉姆顯得有些心不在焉，一直默默地注視著窗外。

外面不斷有人來來往往，但感覺艾莉姆的注意力根本不在他們身上。

剛剛那個人究竟是誰呢？

由於帽子壓得很低，從我的角度不太清楚究竟是怎麼回事。

雖然有種發生大事的感覺，但那或許也是我的錯覺。

總而言之，那應該不是我該管的事吧。

即使很擔心，但我沒有從容到能夠在意那種事……

不過轉念一想，這裡真的很厲害呢。

就算娜娜說的內容我連一半都聽不懂，即使如此仍能充分理解這裡有多出色。

如果我有錢，或許真的會每天都來。

因為沒有錢，所以沒辦法那麼做就是了……

真羨慕能夠常常來的娜娜。

當然了，她用的是自己賺來的錢，就算如此還是一樣讓人羨慕……

感覺我也不可能擔任讀者模特兒這種重責大任。

即使還有體型跟長相的緣故，我沒有自信能擺出那麼堂堂正正的態度。

說到底，像我這種人就算參加徵選也一定不會選上……

那種工作應該有一定程度的標準。

而且，假如就算選上了我也絕對不想做，畢竟很害羞嘛……

「差不多該走了吧。」

吃完蛋糕後過了一會兒，娜娜這麼說道。艾莉姆一語不發地站了起來，似乎想趕快離開。我也起身從背包裡拿出錢包。

「對了，這個給妳們。」

「嗯？」

在櫃台結帳時，米蕾小姐拿出幾個袋子分別遞給我們。裡面似乎裝著烘焙點心。

「呃……這個是？」

「是招待的點心，就當作各位今天光臨的紀念吧。」

「怎麼可以！太不好意思了……」

我連忙搖了搖頭，米蕾小姐見狀露出微笑。

「要是能收下我會很高興的。然後如果能再次光臨，就更令人開心了。」

「是的！我當然會再來！」

「如果有機會……」

與明確表態的娜娜和艾莉姆不同，我被她的態度影響導致說不出話來。但仍然決定了要再度光臨。

烘焙點心一共有兩份，我跟媽媽一起享用了。點心非常好吃，更讓我下定了還要再去的決心。

◆露出過多少女的推活2

因為忙於考試和其他學校事務，我有段時間沒去咖啡廳了。

既然考試成績與平時差不多，便決定去一趟咖啡廳當作獎勵。

路途上回想起之前帶艾莉姆去咖啡廳時發生的奇妙事件，有種「事到如今」的感覺。

畢竟事情過了很久，就算去問本人大概也會避而不談吧。

我決定不放在心上。

米蕾小姐迎接我時說了句「好久不見」讓我覺得很開心，她真的很了解我們這些大小姐呢～

……其實我希望她只注意我一個人，但這句話打死都說不出口。

每個推米蕾小姐的大小姐一定都是這樣，所以用想的應該能得到原諒吧。

「學校的考試怎麼樣呢？」

「很完美喔！」

「是這樣啊，我在校的成績不是很好，會想請娜娜大小姐指導我呢。」

「米、米蕾小姐也有不擅長的事嗎！」
因為打從心底感到意外，我不由得吃驚地大聲說道。
「那當然，大小姐以為我是個完美超人嗎？」
「……或許有時候會這麼想。」
「呵呵，那或許我該感到榮幸呢。」
在用與以往相同的方式閒聊時，米蕾小姐突然拋出了震撼彈。
「這麼說來店裡最近有個活動，娜娜大小姐沒參加呢。怎麼了？有其他行程嗎？」
「妳、妳說活、活動嗎！」
面對沒聽說過的詞彙，我忍不住提高了音量。
完全不知道這件事。
該怎麼辦呢？
「沒錯，是有些大型的活動。印象中票應該快賣光了……情況究竟如何呢。」
她用有些曖昧說法請我稍等一下，接著離席去確認購票的狀況。我的心裡有點……不對，應該說是相當不安。
如果票賣完了怎麼辦？
一想到這裡，心臟就像被人緊緊抓住一樣。

當然了，就算不能參加這次活動，也不代表我對米蕾小姐的愛會消失，而且還有下次活動的機會吧。

即使如此，在這麼熱衷的時候無法參加活動，有種非常難過的感覺。

「對不起，看來票已經賣完了。」

雖然她冒失的樣子也很可愛，但現在不是講這個的時候。有這麼難得的機會卻無法參加，這樣實在……

「話說回來，娜娜大小姐有聽說那件事嗎？」

「什麼事？」

或許是沒注意到我因為活動的事腦袋一片空白，米蕾小姐有些興奮地如此說道。

「最近聽說有女僕在這附近遊蕩喔。」

「咦？是、是這樣嗎？」

有女僕在遊蕩……？

由於這不像是米蕾小姐會說的話，我不禁以為這是下次活動的設定。

但是沒有看見寫著這種內容的海報，使我不明就理地感到困惑。

「啊，看您的表情，肯定不相信吧？」

「沒、沒什麼信不信的……咦？這是真的嗎？」

「好像是真的喔，畢竟我有個同事看到了。而且那孩子也沒有理由說這種謊。」

「可是，這附近不是有很多女僕嗎？卻有女僕在遊蕩，到底是怎麼回事呢？」

畢竟這附近有女僕咖啡廳，女僕在這附近走動本來就不奇怪。

「就是說啊，我一開始也這麼想。正如娜娜大小姐所說，這附近的女僕比執事多，可是那位女僕的特別之處，在於她的裙襬很長。」

「裙襬很長……？」

因為不明白是什麼意思，我不解地偏過頭。

「我想在更靠近都市的地方，應該找得到以這種傳統女僕為賣點的店。但是，這附近應該很少才對。換句話說……」

「也就是說……那個人是穿著自己準備的女僕裝？」

「正確答案。」

她那如同偵探的動作讓我忍不住感到心動。

不過，居然有人會穿著自己準備的女僕裝出現在這裡，讓人不禁懷疑這裡到底是個什麼地方。是某間店的女僕因為沒被錄用所採取的報復行動嗎？性格真差勁。

「那個女僕就這樣在這裡遊蕩？沒有人報警嗎？」

「那個啊，聽說大多數人都看不見她喔。」

「大、大多數人都看不見是什麼意思啊……？」

得知事情比穿著自備的女僕裝還要糟糕，我感覺背上竄起一股寒意。

那樣簡直就像幽靈一樣不是嗎……

「正如字面上所說，能看見她的人有限。說得更直接一點，就是我也看不見她。」

「是、是這樣啊。」

連米蕾小姐都看不見的存在，那麼到底有誰能看得到啊。

難不成又是跟求愛性少女症候群有關的事嗎……？

「不過先不管那個。」

「不管那個真的好嗎！」

我覺得那是一件不能不管的重要話題耶……

「雖然我覺得以都市傳說而言很有趣，然而發生在這附近實在不太好呢。幾乎等於是在妨礙營業了。」

儘管認為這種話題不該跟我們大小姐說，但一想到這或許代表她對我就是放心到這種程度，就覺得很開心。

「不過，票還是賣完了對吧？若是那樣，您不覺得這家店很厲害嗎？」

「原來如此，還有這種著眼點啊。真不愧是娜娜大小姐。」

她輕輕地拍手，這讓我更開心了。

「話說回來，最近這間店也有女僕來訪呢……」

米蕾小姐像是想到什麼似的慢慢說道。

「女僕？」

不管怎麼說，這附近的女僕也太多了吧？

「嗯，我想大概是其他店的人吧，會是來偵察敵情的嗎？」

「是受歡迎的店才會發生的事呢。」

「呵呵，娜娜大小姐總是會說些令人開心的話呢。」

「畢竟我很喜歡嘛！」

像這樣開心地聊天接著離開咖啡廳之後，我突然回過神來。

活動該怎麼辦！

雖然米蕾小姐那忘了票已經賣完的冒失模樣很可愛，我仍然動搖到無法靠她的可愛來帶過。

我能容許這種事嗎……？

在社群網站搜尋了一下，找到了價格昂貴的轉賣票。

就算我再怎麼想去，也不可能對這種東西下手。

畢竟沒有那麼多錢，而且轉賣本身就是不對的。
要是米蕾小姐知道我透過轉賣的票參加活動，她肯定會非常難過。
也就是說，這次活動我只有乾瞪眼的份……

怎麼可以這樣啊！

○

「嗚——……！」
明明知道店裡有活動，想參加卻不能參加。
這個事實讓我的心情越來越沉重。
有不開心的事情時，也會對模特兒工作造成影響。
雖然眼裡沒有出現心型符號，但果然會被指出表情有些陰沉。
上次的攝影內容即使如此還能勉強應付得來，不過需要露出燦爛笑容的時候就派不上用場了。
真是困擾。

早知道會這麼煩惱，跟黃牛買票也是一種方法嗎……？

我抱著這種想法打開社群網站，結果該則貼文消失了。或許是已經找到轉讓對象，所以刪除了貼文也說不定。

這下我真的澈底沒有辦法參加活動了。

「唉，結束了……」

我失落到自然而然地說出這樣的話。

如果在找到的瞬間立刻出手購買就好了。

明明錢只要拚命當模特兒就能賺到，為什麼要猶豫呢。

我只能嘆氣。

即使如此，當我在網路上搜尋時，突然發現轉賣活動票的帳號用的是女僕的頭像。

……那張票難不成是去偵察敵情的女僕買走的嗎？

這樣不僅是要偵查，還打算搞破壞？

如果是這樣可饒不了她。

那或許就是那個在遊蕩的女僕搞的鬼。關於那個遊蕩女僕，米蕾小姐也提到了妨礙營業的事，因此很有可能是個壞人。

既然有壞人在，就得想辦法才行。

去教訓她一頓吧！

我莫名地產生了這種想法。

也有得不到活動票的報復心理，但既然米蕾小姐說會妨礙營業，那就必須儘早處理。

很好！

明天就去主題咖啡廳附近找找看吧。

現在的我是無敵的，一定能找到才對！

○

『因為黃牛的關係，我沒辦法參加米蕾小姐店裡之後要舉辦的活動了！』

因為想發洩心裡亂七八糟的情緒，我向為了解決求愛性少女症候群創立的三人群組傳了這樣的訊息。

上面馬上出現一則已讀，是露露嗎？

『這是什麼意思啊……』

結果回覆的是艾莉姆。

從說話方式來看，她明顯感到傻眼。

『就是字面上的意思。因為黃牛的緣故，活動的票賣完了。』
『黃牛有多差勁，我也從漫研的各位那裡有所耳聞，所以隱約能夠理解……不過，是什麼活動呢？』
被這麼一問，我才想到自己也不清楚活動的詳細內容。
『不知道。』
『什麼意思啊？』
能從文字中看出她再次傻眼的反應——
『雖然不知道，但是我很想參加！結果好像有個不知道是來偵察敵情還是遊蕩的女僕轉賣了那裡的票！』
『妳說、女僕嗎？』
『女僕在轉賣票，聽起來很荒謬呢……』
露露也加入了談話，於是我對兩人說明事情的詳細經過。
雖然內容很長，但我想她們兩個應該會看才對。肯定、大概吧。
『原來如此……不過那個在遊蕩的女僕好像是真的，我的私帳上有很多人看到她。』
『哦……』
『原來是真的啊。』

畢竟米蕾小姐說明得那麼清楚，我本來就不覺得是假的，沒想到會從露露這裡得到這方面的情報，我不禁感到驚訝。

『那位女僕是在那間店附近遊蕩嗎？』

『沒錯沒錯。』

『那個……該怎麼說呢……』

『該怎麼說？』

『沒什麼！我明天還有社團活動，就先休息了。』

『真有熱誠呢～晚安。』

『晚安。』

討論就這麼結束了。

沒什麼特別的，過程與收尾都十分平淡。

也很難說是有趣。

但是和她們兩個討論過後，使我更有幹勁了。而且露露說的話也讓我對明天要做的事更有自信了。

要加油了！嗯！

「愛衣……」

我那時候應該追上去嗎？

雖然強行用考試讓自己忘記……但露露提到關於女僕的事，使我聯想到愛衣。

在咖啡廳遇見時，她明顯是在避開我。

而且我的父母肯定吩咐過她不准再跟我見面。

那樣即使我追上去，不就只會造成她的麻煩而已嗎……

因為腦中閃過這個想法，當時的我並沒有去追她。

但是，這完全忽視了我的心情。

如果可以，還想再跟愛衣見面。

想跟她再談一談，並且儘量再……再什麼呢？

我想跟她再次一起逃跑嗎？

還是告訴她我不會再逃跑了，請她回來擔任女僕呢？

這兩種想法都很愚蠢，我不禁發出了沙啞的笑聲。

究竟想怎麼做。

我完全不知道。

聊過之後，或許會變得永遠不能再見面。

或者她會拒絕跟我交談。

即使如此我仍想要談談……這是我的真心話。

話雖如此，我還有另一個煩惱。

以前願意肯定我的人只有愛衣一個。

但是，現在有很多人願意肯定我。

在這種情況下與愛衣見面真的好嗎？

那個時候的我是否只是希望有人肯定自己呢？

我想答案應該是否定的。

或許只是想這麼認為也說不定。

而且就算真的是這樣，從以前到現在都願意肯定我的人，找遍世界只有愛衣一個。

既然如此，會想見面應該很正常吧？

可是，要怎樣才能再次見到她呢……？

完全沒有頭緒。
就算女僕中有人知道她的下落……大概也不會告訴我吧。
不僅如此，可能還會向父母告狀說我大概又要離家出走……唯獨這件事必須避免。
如果再次去那間咖啡廳……是不是就有機會能見到她呢？

艾莉姆
症狀因為
繪畫的緣故變好許多，
卻無法擺脫過往……

自暴自棄……不對，是變得無敵的我相信那個遊蕩女僕的傳聞，並認為那個人就是黃牛，開始在咖啡廳附近漫無目的地閒逛起來。

一邊覺得因為這種目的來這裡有點奇怪，一邊有點期待。

想到或許能與類似幽靈的存在見面，不覺得很興奮嗎？

不，雖然也有點害怕……但我相信女僕是不會攻擊人的。

畢竟我不認為服侍他人的職業會攻擊人。

最重要的是如果會攻擊人，事情應該會傳得更嚴重。

所以一定沒問題。

如此心想的我走在路上，發現道路中央坐著一名身穿傳統女僕裝的女性。

這附近經常見到女僕，不過那種清純的長裙十分罕見。

她偶爾會被女性避開，但確實存在於那裡。

恐怕就是那個遊蕩的女僕吧。

我戰戰兢兢地試著朝她走近。

在靠近的過程中，發現了某件事。

她是那名之前曾經在咖啡廳跟艾莉姆說話的女性。

女性看起來心不在焉，視線不知道在看哪裡。

她似乎有在呼吸，應該是活著的……除此之外的部分看起來簡直就像死了一樣。

所以才會被當作鬼故事中的遊盪女僕看待吧。

「妳就是那個遊蕩的女僕嗎？」

我進一步鼓起勇氣向她提問。

見到我之後，她那比起之前見面時更頹廢的眼神瞬間露出了訝異的模樣。

但很快就恢復認真的表情。

這種維持表情的樣子，讓人覺得她真的是個女僕。

「……妳為什麼看得到我？」

她用比預料中更沉穩的聲音向我提問。

但就算她這麼問，我也不知道究竟是什麼原理。

只知道一定跟求愛性少女症候群有關……

「我也不知道。所以現在一定有很多人在盯著我看……如果可以，換個地方聊吧？」

「嗯，既然如此，換個地方比較好呢，我明白了。我正好知道有個適合的地方，請跟我來。」

她接受並同意了我的提議。

儘管很在意「適合的地方」是什麼，我想大概是她遊蕩時發現的，因此沒有深究。

我們來到位於附近店鋪後面，沒有人在也不會引人注目的地方。

「您是艾莉姆大人的朋友對吧？」

「嗯？嗯，雖然不太能稱作朋友……但我們確實有在交流。」

「是這樣啊……」

她顯然有些失望。

大概是因為我否認是艾莉姆朋友的緣故吧。

這種程度我還看得出來。

我一邊想著她明明是女僕卻會這麼明顯地表露情緒，一邊開口打圓場。

「艾莉姆好像有交到朋友，所以不必擔心。最近她也會在漫研社畫畫，每天似乎都過得很充實。」

「……那就好。」

從她瞬間露出放心的表情來看，我想艾莉姆對她而言應該很重要。

於此同時，我心中也浮現像是「明明艾莉姆對她那麼重要，為什麼不去找她而是在這裡閒晃呢？」、「為什麼會去那間咖啡廳？」、「這種狀態下的人真的有辦法當黃牛嗎？」等各式各樣的問題。

但是她先一步開口詢問：

「……您為什麼要向我搭話呢？」

「咦？啊——只是巧合啦，巧合。只是想試著與話題人物聊天而已。」

再怎麼樣我都不可能在本人面前說自己是因為自暴自棄，懷著些許試膽的態度跟她搭話的。

畢竟很失禮嘛……

但是她卻露出一副很能接受的表情說道：「原來如此，是為了試膽啊。」

「……怎麼，妳會讀心術嗎？」

「只是您的表情很容易露餡而已。」

「咦——？別看我這樣，我對裝撲克臉很有自信……」

「一點也不喔。」

「不用說得那麼直接吧！」

啊，到了這個時候，我才總算覺得她真不愧是艾莉姆的女僕。

或者該說她非常像艾莉姆。
甚至讓人覺得艾莉姆就是因為無意間模仿著這個人的談吐，才造就了現在的她。
「我不去見艾莉姆大人，是因為她的父母禁止我跟她接觸。」
「這樣啊，即使如此妳也想見她吧？」
她的肩膀抖了一下。
看來被我說中了。
真是個一談到艾莉姆就很好看穿的人呢。
有點有趣。
「既然想跟她見面，那就在不被發現的情況下見面不就行了？」
「不可以，這不是理所當然的嗎？」
「明明想見面卻不去見她？真是個笨蛋。」
「我就是個笨蛋啊……」
我刻意用挑釁的方式說道，但似乎造成了反效果。
她低下頭，明顯變得十分沮喪。
話說，原來這麼簡單就能打擊她啊。
有點罪惡感。

「……比起這個，為什麼妳會在那間男裝咖啡廳呢？而且感覺還像是熟客耶。」

覺得尷尬的我轉換了話題。

「這件事講起來會有點長，沒關係嗎？」

「請儘量簡短說明。」

她把手放在臉頰邊想了一下，接著開口：

「我從以前的同事那裡得知了艾莉姆正在畫漫畫的事……」

「啊，原來妳已經知道了啊。」

「……是的。碰巧有人告訴我。」

「然後呢？」

「我想久違地看個漫畫，所以來這附近購買。」

「特地來這種地方？」

「因為覺得來這種繁華的地方買，或許能夠接近艾莉姆大人……」

雖然內心覺得比起做這種事趕快去跟她見面不就好了，但我沒有說出口，而是催促她繼續說下去。

「然後碰巧遇到了在店外拚命發傳單的美月小姐……」

「真是老套的見面橋段呢。」

「請、請別說老套啦。」
「就算妳這麼說……」
話說回來，原來愛衣小姐的推叫做美月啊。
我從一開始就只跟米蕾小姐見面，所以完全不知道她的長相。
話說回來，那家店是有類似名字開頭一定要是「Mi」的規定（註：米蕾跟美月的日文發音開頭都是「Mi」）嗎？
如果所有人都是這樣，那或許就是類似網路暱稱之類的東西吧。
即使覺得那不會是本名……用這種方式知道感覺有點複雜耶！
「接下來才是我的重點……妳有在賣活動的票嗎？」
「……為什麼這麼問？那不是不該做的事嗎？」
「不，妳說得沒錯……但我在轉賣的社群網站上看到了一個頭像是女僕裝的帳號。」
「妳因為這種理由就來尋找並向我搭話嗎？」
「嗚。」
她發現了我所有行動的目的。
「總……總而言之，愛衣小姐沒有在當黃牛吧？」
「我沒有做那種事。而且妳也應該透過正當途徑取得票，而不是去看那種網站。」

「可是，人家無論如何都想參加活動嘛！」

雖然知道遷怒愛衣小姐也沒有任何意義，還是忍不住這麼做了。

接著愛衣小姐像是有點傻眼的嘆了口氣，從女僕裝的口袋裡拿出一張像是紙的東西。

「我想自己應該不會再去那間咖啡廳了，若是不嫌棄請收下。」

如此說道的她遞過來的，居然是咖啡廳最近即將舉行的活動入場卷！

這肯定是我錯過的那張票吧。

這張票現在居然會以這種形式到我手上，想就十分感慨……

總之真開心！

「謝謝您！」

我對愛衣小姐說出了可能是自己上高中以來最真誠的感謝。

「如果可以，也請您關照一下艾莉姆大小姐。」

「那個嘛……若是有機會。」

「是的，等您有空就行了。」

她真是個徹頭徹尾只知道關心艾莉姆的人呢。

我產生了想設法讓兩人見面的想法，但還是打消念頭。

我們的關係沒有好到那種程度。

○

我興致勃勃地化著妝。

雖然本來就很喜歡化妝，但今天感覺特別有趣。

因為今天是去米蕾小姐那裡參加活動的日子！

我一邊做著準備，一邊不知道第幾次慶幸今天是沒有其他要事的日子。

活動的主角是米蕾小姐她們，所以妝容不能太顯眼。

不過我還是將儀容整理到讓自己的特色不會遭埋沒的程度。

「妳要去哪裡？」

「祕密～」

前陣子就和好了的姊姊這麼問我。

「應該不是約會吧？」

「怎麼可能！是比約會更有趣的事情啦。」

「比那更有趣的事情嗎。真不錯呢，一路順風。」

「嗯，我出發了！」

我向姊姊揮手告別，提早出門。
為了避免出事而去不了店裡，我小心翼翼地走在熟悉的道路上。
每當這種時候，總是會像之前的露露一樣被怪人纏上呢……就是因為這樣才提早出門，目前看來應該不要緊。
我這麼想著時，已經看見那間熟悉的咖啡廳，門口聚集了很多人十分熱鬧，能明顯感覺今天有舉辦活動。
我排進隊伍等著入店。等待中能稍微看見店內情況，米蕾小姐努力的樣子讓我揚起嘴角。從外面看著她努力的模樣也別有一番風味……不，如果可以我比較想跟她面對面，所以還是別胡思亂想吧。
過了一會兒之後，輪到我進入店裡。
「沒想到娜娜小姐會參加這個活動呢。」
聽米蕾小姐如此說道，我確實地有了自己參加這個活動的感覺。
對米蕾小姐來說這或許只是個小活動，但對我而言，這是自己能夠順利參加的第一個活動。
「好好享受吧。」
「好的！」

得照米蕾小姐說的認真享受才行。

「……啊。」

在我坐到位置上米蕾小姐離開的瞬間，很自然地伸手點開了私密帳號。

映入眼簾的是自己穿著非常養眼衣服的模樣。

換做是以前的我，可能會覺得「拍得不錯♪」但現在的我已經不同了。

做這種事情究竟有什麼意義呢？

並非是覺得必須珍惜自己的身體，或是高中生做這種事實在很下流，而是單純不明白這麼做有何意義。

讓我對自己那明明不知道有什麼意義卻還是拍了養眼照，否則就無法得到認同的自身欲望感到害怕。

「……嘿！」

於是下定決心，刪掉了私密帳號。

現在的我已不需要這個帳號。

明明只是刪除帳號，卻感到不只是內心，連身體都輕鬆許多。我不禁露出了笑容。

之前我到底活得多自以為是啊。

現在已經不用刻意引人注目，也不會引發爭議了。

想到這裡，我開始認為會變輕鬆是理所當然的。

這麼說來，露露似乎在用私帳所以大概還留著……那艾莉姆呢？

已經刪掉帳號了嗎？

不過她似乎還跟父母有爭執，也有可能還留著帳號用來發洩。

但那也不關我的事。

畢竟無論有沒有私帳，人的個性也不會有太大改變，而且來到這裡還想著艾莉姆是錯誤的。

現在應該把注意力放在米蕾小姐身上。

推活真是太棒了！

◆艾莉姆的幕間2

「怎麼了？妳表情很陰沉耶……」

在漫研的社團教室裡，從漫畫中抬起頭來的柚葉向我搭話。

這次並非她的直覺敏銳，而是我的表情陰沉到任何人都看得出來的關係吧。

原本以為繪畫能讓我暫時忘記那件事才來參加社團活動，但看來沒有效果呢。

就像在證明這件事似的，今天的我完全不知道如何下筆。腦袋一片空白，完全沒有想畫東西的靈感。

「……之前發生了一些會讓我表情變陰沉的事。」

「這樣啊。是什麼事呢？不介意的話說說看吧。」

我與會肯定過往自己的唯一存在——愛衣見了面，不知道該如何是好……我不可能用這種方式說明。

這樣等於是拒絕了她的好意，使我有一點罪惡感。

「這件事有點難解釋……」

「嗯嗯。」

「呃……」

……因為柚葉擺出一副隨時準備好要聽的態度，我稍微想了一下該如何用簡單扼要的方式說明。

要簡單說明這件事，最讓我頭痛的部分是哪裡呢……？

「……我跟以前用不太好的方式離別的熟人見了面，不知道該如何面對她。」

結果還是只能這麼說明。

不過，某方面而言的確是這樣沒錯。

「不太好的離別方式？」

「嗚，是的。總而言之就是不太好的離別方式。」

畢竟不可能明講自己要她跟我一起逃離家裡，只能曖昧地點了點頭。

「妳說不知道該如何面對，正常與對方交談不行嗎？」

面對這很有柚葉風格的疑問，我不禁感到動搖。

要是能那麼做該有多好。

如果換成柚葉，她一定會毫不猶豫地這麼做吧。她的這一面甚至令我感到羨慕。

「雖然覺得正常交談也行……但總覺得那位熟人或許不想再跟我見面了吧。」

「才沒那回事喔。既然離別的方式不太好，不就更應該好好談談了嗎？」

「是、這樣嗎……？」

這是個充滿希望的答案。

「從這種說法來看，代表艾莉姆也不是刻意那麼做的對吧？既然如此，對方一定也是一樣。好好談過之後，或許能讓關係恢復到跟當初一樣好喔？」

「……原來如此。」

肯定是因為對象是開朗的柚葉，才會得到我所期望的答案吧。

但是，也因此有了希望。

或許對方就算撇開我父母說的「不再與我有所牽扯」這句話，也不想再跟我交流。有可能，不想再看到我了也說不定。

但是就算只有萬分之一的可能性，要是好好聊聊就能恢復以往的良好關係，我願意嘗試看看。

「我會試著跟她好好談談。」

我的語氣比想像中更加不安。

此時柚葉溫柔地用雙手握住了我的手。

「一定不要緊的！艾莉姆一定能跟那個人恢復良好的關係，相信我！」

雖然柚葉這句話也包含了相信她的意思，但應該更期望我相信自己吧。相信自己。

如果是以前的我，肯定會覺得這麼做沒有用而感到厭惡。

但是，在漫研生活過的我，現在大概能做得到。

為了向和愛衣接觸過的娜娜問出她的詳細位置，我傳了訊息。

『我決定跟愛衣談談，能請妳告訴我她在哪裡嗎？』

◆三人在那之後

在接到艾莉姆聯絡，收到娜娜傳來的訊息之後的隔天。
我們一如往常地聚集在屋頂上。
雖然週六是特別課程讓我很擔心娜娜會不會出現，但她有乖乖來學校令我十分吃驚。
看見我露出吃驚的表情，娜娜說道：「真失禮耶！」並瞪了我一眼。
畢竟就算是幾乎所有學生都強制參加的課程，我還是不覺得她會出現嘛。
嗯——……
而且，為什麼我們總是這麼老實地在屋頂上集合啊？
有種想去咖啡廳集合的感覺。
不，這裡說的當然是指普通的咖啡廳啦……
但是不論艾莉姆跟娜娜，我的零用錢有限所以不能常去咖啡廳呢。
儘管想過要去打工，然而因為不想繼續與人接觸所以有點困難……
「直截了當地說，我也不知道愛衣小姐在哪裡。」

聽到這些跟我沒什麼關係的話，不由得有些無力。
「怎麼會……妳不是和她見面了嗎！」
「只是之前剛好遇到了而已。我姑且在其他時候去過一趟，但是一無所獲。」
兩人的交談聲像是從遠處傳來一樣。
正想著她們為什麼要找我來時，娜娜一把抓住我的肩膀將我拉過去。
就像是在表示並非與我無關似的，有點高興呢……
「所以，我們三個一起找吧。」
「咦，原來我是這種成員嗎？」
還高興沒多久就嚇了一跳，讓我忍不住插嘴。
沒想到娜娜居然用力地點了點頭。
是因為這樣才找我來的啊……
娜娜到底是怎麼看我的啊？
但或許是猜到了我的想法，娜娜一邊安撫我，一邊用手指比出錢的手勢。
為什麼現在要做這個？
「不，如果是現在的艾莉姆，找到的話應該會給我們錢吧？」
「這個嘛……也可以啦……」

原來可以啊。

「假如不給就麻煩了，我可不想白白做這種事耶。」

說得也是，娜娜就是這種人。

雖然說過很多次，但我們並不是朋友。

倘若動機不是感情而是金錢，我就能夠接受。

「……那麼，我或許有點幹勁了。」

話雖如此，我也覺得會被這種說法說服的自己很單純，但我一直以為這是無償的，所以只能說是個好機會。

「先找到人就行了吧？」

「假設同時找到怎麼辦？」

面對忍不住湊近臉頰的我們，艾莉姆露出困惑的表情。

「光是願意幫忙找就很感激了，既然妳們那麼說，我就請客吧……」

「那我想去那種讓人覺得『是要穿禮服嗎！』的高級咖啡廳！」

「我、我也是！」

在忍不住附和之後，雖然覺得應該提出別的要求，由於無法立刻想到便決定作罷。

我的人生或許老是這樣也說不定……

不過能去那種高級咖啡廳似乎也不錯？有點開始期待了。
「如果願意幫忙找，要點多少東西都行！快點走吧！」
「的確！那裡是天色暗了之後治安會變差的地區，還是快點去比較好！」
兩人說完起身，我也跟著站了起來。
對喔，這麼一想，這件事情感覺有時間限制。或許有點困難。
於是我連忙拿起東西離開屋頂。
接著我們離開學校搭乘電車，來到男裝執事咖啡廳附近的車站。
這附近到處都是主題咖啡廳的女僕小姐。
「穿著長裙，看起來像是正式女僕的人就是愛衣小姐，我想應該很好認。」
「原來如此。」
「知道了，快點找到她然後回去吧。」
「回、回去哪裡？」
因為很在意所以開口詢問。
找到愛衣小姐之後能回去的地方，會是哪裡呢？
「……我沒想過。」
「說得也是呢。」

平時很冷靜的艾莉姆這次好像什麼都沒想。

娜娜似乎也很清楚這一點，朝著艾莉姆哼了一聲。

換作平時艾莉姆一定會瞪回去，但這次她或許知道是自己的失誤，只是咬著下唇不發一語。

「關於那點不必擔心，總之先找人吧。」

「真的嗎……」

「交給我吧☆」

或許是覺得只能相信目前眨著眼睛如此說道的娜娜，艾莉姆緩緩地點了點頭。

「那麼……我們分開來找找看吧。」

由於時間還早，我們三人依照娜娜提供的情報分散到處尋找。

途中差點跟之前一樣被女僕搭訕，不過我想辦法逃開了。

大概是因為會花很多錢，讓我態度變認真的關係吧。

但是完全找不到。這塊區域並不大，因此我遇到了娜娜和艾莉姆好幾次，卻沒見到身穿長裙女僕裝的人。

這就是她被稱為遊蕩女僕的原因吧。

「真的是在這附近嗎……？」

過了一會兒，當我們三人會合之後，艾莉姆向娜娜詢問。
她的視線正瞪著娜娜。
而娜娜則是別開視線，像是在說「找不到人又不是我的錯」似的。
「這附近天色變暗很危險喔。必須快點找到她，或是放棄。」
「那、那麼今天還是放棄回去比較好吧……」
「得快點找到她才行！」
艾莉姆大喊道。
那幾乎要哭出來的模樣讓我也感到心痛。
她不顧其他人的眼光，吐露著自己的心聲。
那不顧一切的模樣，使我能理解她不惜花錢也想請人幫忙找的心情。
這個時候，艾莉姆的背後有了動靜。
那個氣息逐漸變得真實，化成人型……
「抱歉讓您久等了，艾莉姆大小姐。」
「愛衣……！」
艾莉姆轉過頭去，眼前居然出現了一名女僕。她真的穿著一條長裙，能理解她是一名會侍奉主人的女僕。

感覺比之前見到的時候憔悴了許多……
代表她在這附近遊蕩了這麼久嗎？
「我不想被找到……因為覺得如果被發現一定會讓您變得不幸，便一直躲著您。」
原來如此，所以才一直找不到啊。
雖然不知道是什麼原理，求愛性少女症候群就是這種東西。
「但是，看到您這麼想見我之後……」
「愛衣……！」
艾莉姆抱住了愛衣小姐。
從旁人的眼光來看，抱住被稱為遊蕩女僕的愛衣小姐，究竟會是怎樣的光景呢？
首先會想到這種事情的我，肯定是個不浪漫的人吧……
「這就是感動的重逢嗎？」
娜娜也用冷淡的眼神看著她們，看來缺乏浪漫的人不只我一個，這點無庸置疑。
「但是，找到人之後要怎麼辦？」
「去個不會被發現的地方躲起來吧。」
「……那是哪裡？」
會是哪裡呢？是某個人的家裡嗎？

「情趣式賓館。」

「咦？」

咦？情趣式賓館應該是某個地方的代稱吧？

咦？咦？真的要去……那種賓館嗎！

我們三個跟在幹勁十足的娜娜後面，來到一間閃著粉紅色光輝的建築物門前……！

○

「……妳說是個不會被任何人發現的地方，我還以為是某個人的家裡耶！」

「要是去我們其中之一的家立刻就會被發現吧。」

是這樣嗎？

我這麼想著看向艾莉姆，她靜靜地點了點頭。

即使如此，來這裡實在是……

「不過，要是艾莉姆被發現來這種地方會很不妙吧？」

「別擔心別擔心，這裡是小孩子也會來的地方，沒那麼糟吧。」

真、真的是這樣嗎……？

雖然跟說的人是娜娜也有關係，但我不太相信耶……

而且，甚至連我們究竟該不該來也不清楚。

或許是因為有成年的愛衣小姐在，我們才能夠進來。

……沒錯。在見到艾莉姆的瞬間，本來身為遊蕩女僕的愛衣小姐身上的衣服就不再是女僕裝了。

即使娜娜表示這是求愛性少女症候群，艾莉姆和愛衣小姐也一副理解的模樣，然而我不太能接受。

畢竟太過奇幻了嘛……

想到這裡，我回想起之前其他世界自己的遭遇。雖然不知道那是不是求愛性少女症候群導致的，無法否認那樣子很奇幻。

既然連這種事都會發生，那麼發生在愛衣小姐身上的事也就不奇怪了吧……？

「這裡可以免費借用角色扮演服裝耶！要試試看嗎？」

「現在不是做這種事的時候吧……」

艾莉姆一邊守望著正在吃飯的愛衣小姐，一邊不耐煩地搖搖頭拒絕了娜娜說的話。

「我就扮成殭屍吧，畢竟這種造型很少見嘛。」

「妳有聽我說話嗎？」

「露露扮成小魔女，艾莉姆就當女僕吧。」
「不，就說現在沒空做那種事了。」
「幹嘛？還是妳想當兔女郎？」
「這不是變得更暴露了嗎！」
「啊哈哈，會好好地做出反應真是有趣！」
「……當妳提議這個地方時我還覺得妳真是天才，為什麼要表現這種態度啊？」
居然說娜娜是天才，我有點驚訝。
話說回來，原來艾莉姆也會用這種方式說話啊。
會是受到漫研社的人影響嗎？
要是她之後開始發出「哈啊、哈啊？」之類的聲音該怎麼辦？
不，其實我無所謂就是了……
「嗯？畢竟用的是艾莉姆的錢，不好好享受就虧了嘛。啊，我也可以點蛋包飯嗎？蛋要加量。」
「吃飯倒是可以……」
「原來可以啊！」
真的可以呢。

「畢竟實際上不光是幫忙找到人，還讓妳們陪到這裡。這點程度是應該的。」
「太好了～！露露也點些什麼吧。好像也有聖代，要不要追加飯後甜點呢？」
「請別點太多東西啊……」
娜娜單手摟住我的肩膀，用另一隻手操作遙控器瀏覽著菜單。
「好驚人的菜單……」
面對與家庭餐廳差不多的餐點數量，我不禁吃了一驚。
氣氛一直都是這樣。
雖然是理所當然的，但因為我完全沒來過，所以一直很驚訝。
最後吃完飯的愛衣小姐一邊用餐巾紙擦著嘴巴，一邊喃喃自語地說：
「真想看看艾莉姆大人穿女僕裝的模樣……」
這句話我聽得很清楚。
所以大概在這裡的每個人都聽見了。
艾莉姆愣住了。
娜娜不懷好意地揚起嘴角。
意識到自己的發言後，愛衣小姐慌張起來。
「身、身為前任女僕講出這種不知分寸的話實在非常抱歉。居然說想讓艾莉姆大人穿女僕裝這種話。」

「不，我認為沒那回事喔？對吧，艾莉姆？」

「……嗯，沒錯。」

艾莉姆幾乎是用搶的一把從娜娜手中拿走遙控器……然後點了女僕裝！

隨後也接連點了小魔女服和殭屍服……呃，我沒有拒絕的權利嗎，這樣啊……

不過畢竟機會難得，就來試試看吧？

想到這裡，我似乎變得有點興奮。

於是，三套衣服和一些餐點送到了房間裡。

考慮到是這種地方，本來還很擔心送來的東西會很不得了，結果相當普通。

不僅如此，看起來還頗為精緻。

質地好到甚至讓人覺得在廉價商店肯定找不到的程度。

正當我有點感動時，娜娜迅速地開始脫下衣服。

對喔，得脫衣服才能穿。

「真、真的要穿嗎？」

才剛興奮過沒多久，事到如今我開始害羞起來。

該怎麼辦呢？

雖然我自認打扮得很好看，還是比不上娜娜跟艾莉姆嘛……

「事到如今害羞什麼啊？好了，快脫快脫。」

「就、就說等一下嘛！」

娜娜試圖解開我裙子的扣環，我則是拚命抵抗。

讓別人做這種事很害羞。

或者該說，我想自己選擇脫衣服的時機……

「那麼，要先去洗個澡嗎？浴缸好像可以擠三個人，如何？」

聽娜娜這麼說，我順著她的視線看過去。

那裡真的放著一個大概可以塞三個，硬擠的話四個人也沒問題的大型浴缸。

裡面的霓虹燈閃閃發光，醞釀出一股詭異的氛圍。

雖然覺得為什麼要讓浴缸顯得那麼詭異……但這樣問肯定很不識時務吧。

這個房間太驚人了，連床都有兩張。

房間是由娜娜決定的……這麼說來，她似乎很習慣這裡。

該不會她曾經來過這種地方嗎？

「娜娜妳以前該不會來過這種地方吧……？」

若是如此，不就代表她跟傳聞中一樣是個婊子嗎！

也就是說她已經做過那方面的事情了嗎……？
「只是和當模特兒的朋友來開過女孩聚會而已。」
「什、什麼嘛，是這麼回事啊……」
「妳想像了什麼？」
娜娜掛著不懷好意的笑容這麼問我。
她那自信滿滿的笑容裡帶著些許惡意。
不過想像了那種事也是事實，因此我無法強硬地回嘴。
「沒、沒什麼啦……」
在我們這麼做的期間，艾莉姆不僅脫好衣服，還在浴缸裡蓄了熱水。
真是個不知道該說意外還是不出所料，膽子很大的大小姐呢。
到了這種地步，我開始覺得沒脫衣服的自己才不正常，於是連忙脫掉衣服。
脫好衣服之後就輕鬆了。我們三人互相幫彼此淋浴，接著泡進浴缸裡。
因為加入了放在旁邊的泡澡粉，浴室裡充滿了好聞的香氣。我好像很久沒有這麼放鬆地泡澡了。
「就像一場亂來的女孩聚會，挺不錯的。」
「亂、亂來的女孩聚會是什麼意思……」

「待會兒我也想讓愛衣來泡，請多指教。」

「咦～現在一起進來不就好了。」

「她已經很累了，不能剛吃完飯就泡澡。」

「小艾莉姆真的很喜歡愛衣小姐呢～」

「請不要加上『小』字。」

艾莉姆露出疲憊的表情抱怨，但娜娜見狀卻不停地說「小艾莉姆」，真是壞心眼。

「話說回來，我們先泡澡沒關係嗎？」

為了稍微阻止她這麼做，我提出了很在意的問題。

「嗯？」

「因為餐點也一起送上來了，還以為要先吃飯呢……」

「妳說得沒錯，不過流了汗很不舒服嘛。而且還有衣服，穿好之後再吃吧。」

「感覺像個小派對呢。」

連艾莉姆都這麼說，我覺得不放開來玩的自己真是格格不入。

不，既然都來這種地方……還抱持「必須認真一點」的想法本身或許就是個錯誤。

這個狀況有種「能享受的人才是贏家！」的感覺。

想到這裡，我試著用手射出水槍。

接著「咻」的一聲飛出去的水居然打中了艾莉姆。
而艾莉姆本人則一臉傻眼的看著我。
她的表情看不出有沒有生氣，令人難以捉摸。
「咦、啊、抱歉……」
而娜娜則是一副看好戲的表情。
在我以為她該不會生氣了的瞬間，艾莉姆也用手把水噴過來。
但由於不太熟練，水全部灑到了地上。
「……這究竟是什麼原理呢？」
「原、原理？」
艾莉姆一本正經地詢問，我則因為不會挨罵而鬆了口氣，一時不曉得該說什麼。
「我也不知道、是什麼原理耶……」
於是只能給出這種曖昧的答案。
儘管如此，艾莉姆仍露出一副很感興趣的表情看著自己的手指。
「以前經常玩這種事呢。像是讓毛巾沉下去弄成水母的形狀。」
「那是什麼？」
艾莉姆的視線離開手指看著娜娜。

「……這樣啊，大小姐不知道這種玩法啊。感覺有點可憐耶。」

「既、既然覺得可憐，就請妳告訴我吧……」

「這樣要把毛巾泡進浴缸裡喔，沒關係嗎？」

「這種程度無所謂啦。」

娜娜拿了一條新毛巾泡進水裡。

接著就這麼把它做成水母般的圓型。

艾莉姆非常感興趣地看著毛巾。

接著過沒多久，娜娜「啪！」的一聲單手壓扁了水母。

「什、咦？這是什麼意思……」

「壓爆的時候最有趣了。」

「光聽這句話，感覺妳是個超危險的人呢。」

「別說這種話嘛。來，試試看？」

如此說道的娜娜把沾濕的毛巾遞給艾莉姆。她先是愣愣地看了一會兒，但馬上就把毛巾泡進浴缸裡，做了跟娜娜一樣的事。

「哎、哎呀？」

……正確來說是想做但沒能成功。

讓人覺得她在奇怪的地方笨手笨腳的。
「妳真是笨手笨腳的耶。」
「只、只是偶然而已！」
艾莉姆之後又試了好幾遍卻無法成功，感到不滿的她先一步走出了浴室。
我們也跟著她離開浴缸。
因為少見地泡了很久，感覺頭有點暈。臉上很燙，有點昏昏沉沉的。
我們輪流吹乾頭髮，然後穿起角色扮演的服裝。
小魔女的衣服並不複雜，我很快就穿好了。
這裡說得很快是指簡單，其實還是花了不少時間。
主要是用來下定決心……
「超可愛的！」
即使構造有點複雜，娜娜還是很快地穿了起來，並且顯得非常興奮。
說可愛的確可愛。
但總覺得有點靜不下心。
牆壁整體就是一面大鏡子，能清楚看見穿好後的模樣。
穿女僕裝的艾莉姆真可愛耶……愛衣小姐或許也這麼想，視線一直盯著她不放。

就像眼中根本沒有我們似的噙著淚水。

有這麼感動嗎……？

話說回來這面鏡子是什麼？感覺有點像攝影棚耶。

有必要嗎！

不……對成年人來說或許是有必要的吧。

成年人的世界真是難懂。

於是我們用這個打扮享用了蛋包飯。

有種超脫日常的感覺，挺有趣的。

蛋包飯因為放了一陣子有點冷掉，不過這對我們發燙的身體來說剛剛好。

「明天之後要怎麼辦呢？」

然後我們放鬆了一會兒……我提出了大家可能一直在逃避的現實問題。

畢竟無論艾莉姆多有錢，也是有極限的。

而且我們也必須去上學……

「這件事等明天吃早餐再想啦。」

娜娜躺在床上玩著手機這麼說道。

「妳還要吃早餐啊？」

「那當然，得趁能吃的時候多吃點才行。」

雖然付錢的是艾莉姆吧……但我覺得對她有點抱歉。話雖如此，我也沒辦法出錢就是了……

「總之先睡覺吧。可以吧，愛衣？」

出乎意料的是，艾莉姆也跟她有同樣的看法。

「如、如果大小姐覺得可以，我會陪您的……」

「不用那麼拘謹啦，畢竟我們已經不是女僕跟雇主女兒的關係了。」

「您說得是沒錯……」

「好了好了，打情罵俏就到此為止吧。真的該睡了，我很累。」

「我、我們才沒有打情罵俏！」

「超明顯的好嗎——就算這裡是做那種事的地方，妳們也不要在我跟露露在的時候做出奇怪的事喔！」

「才不會做呢！對吧，愛衣？」

「是、是的，那當然。」

感覺愛衣小姐似乎露出了跟剛剛一樣有點遺憾的表情，是我的錯覺嗎……？

話又說回來。

「這麼隨便決定可以嗎？」

「我們不只三個人而是四個人，船到橋頭自然直啦。」

「是嗎……」

想到這裡我稍微感到安心，有種放下重擔的感覺。

我跟娜娜一起躺在床上。

冰冷的床鋪對我發熱的身體來說非常舒服。

和娜娜一起躺上床之後，我暫時睡不著覺。

明明發生了很多事，應該能立刻睡著才對。或許是這個空間的緣故，我就是睡不著。

「欸……？」

我起身觀察大家的情況，看來沒有人醒著。

即使在昏暗的燈光下，也能清楚知道艾莉姆跟愛衣小姐手牽著手躺在床上。

她們看起來十分放心，總覺得有些羨慕。

該說是除了家人以外，有能夠這麼放心的對象很令人羨慕嗎，就是有這種感覺。

娜娜也睡著了……

雖然娜娜總是一股腦兒往前衝，但她擁有讓人忘卻煩惱，甚至是解決問題的力量。

艾莉姆也是這樣。

她的繪畫才能得以展現，每天都過得非常充實。

而且這次，她正打算好好面對發生過許多事的過去。

而我無論做什麼事都是個半吊子，至今仍在為症候群的事情煩惱。
不僅如此，還必須要思考自己的將來才行。
雖然老師跟父母都問我有沒有想做的事，但我沒有頭緒。
沒有任何想做的事。
硬要說的話，我只想什麼都不想，也不與任何人接觸並睡大頭覺……但要是講這種話肯定會挨罵，所以不可能說出口。
相澤同學她們大概也跟我差不多吧……
儘管這麼想，然而事實並非如此。
「雖然不知道考不考得上，但我有想念的大學喔。」
「我有想從事的職業……所以打算去念專門學校。」
她們好像已經找到想做，或是想學習的東西了。
感覺就好像被唯一覺得親近的兩人拋下了一樣……聽到這些話的時候，我忍不住差點哭了出來。
即使之後受到鼓勵說：「接下來好好考慮就行了。」我內心還是有些消沉。
該說是她們不懂就是沒有才會煩惱嗎……像她們那種有目標的人一定無法理解我的困擾吧。

就是因為想著這種彆扭的事才會睡不著嗎……？

雖然這麼想，但我連打開手機都很猶豫，只能默默發呆。

不，用手機應該沒關係……然而要是因此把她們吵醒，那就有點不好意思了。因為害怕產生這種罪惡感，我甚至連用手機確認時間都做不到。

畢竟跟我不一樣，大家都睡得很熟嘛。

「……感覺有點不高興。」

在憤怒的情緒驅使下，我捏了一下娜娜的臉頰。

雖然擔心要是吵醒她肯定會被罵，但她似乎沒有清醒的跡象。

從她邊說夢話邊露出笑容的模樣看來，肯定是作了個好夢吧。

由於自己連睡都睡不著，她的笑容使我更加煩躁，不過因為不敢再次動手，只能默默地發著呆。

「……不乖。」

我像是想起什麼似的小聲說道，試著告誡因為一點小事感到不滿的自己。

但這樣只是感覺更加空虛。

於是嘆了口氣。

而睡意依然遲遲不肯造訪。

求愛性少女們的悄悄話
※從第一集直到本集沒有提到的小插曲

當我習慣不與人交談，獨自度過午休時間的時候，忽然覺得應該改變志願學校。
待在人多的教室也很痛苦，我收拾完便當後就立刻前往資料室。
目前的志願是我想與原本排球社的大家一起就讀的高中。
但現在光是在教室見面就已經很尷尬，要是這種尷尬延續到高中……光想就覺得背脊發涼。
所以我打算重新決定志願。
為了這個目的，得稍微收集一點情報才行……
如此思考的我來到了資料室。
這或許是第一次為了認真考慮將來而造訪這裡。
因為大多時候都是跟其他人過來的，感覺有點新鮮。
「嗯……」
我坐在有椅背的椅子上，翻閱著關於附近高中的統整資料。

無論哪間都不太對。

但是體驗入學的時期已經過了，也只能透過看資料來了解。

總之，像是太遠或是競爭太激烈的學校都不好……

「哦，這不是露露嗎？怎麼會來這裡？」

當我正在苦惱的時候，班級導師抱著一堆資料走了進來。

因為沒想到老師會出現，我顯得非常動搖。

不過，說得也是。畢竟老師必須掌握每個學生要上的高中才行……沒想到這點或許是我不好。

「那個，因為想要改變志願學校……」

所以會動搖到老實說出來也是自己的問題。

「想換志願？怎麼這麼突然？」

老師理所當然地露出了訝異的神情。

因為他是個笑口常開的老師，見到他露出這種表情，我不禁緊張得全身僵硬。

「呃、那個……」

不可能老實說出是不想和大家讀同一所高中。

我拚命思考，嘗試編出一個藉口。

「因、因為突然覺得自己至今好像都一直在隨波逐流。」
「隨波逐流？」
「是、是的！正因為都在隨波逐流，我搞不清楚自己想讀的高中究竟是哪一所……」
「原來如此……」
老師暫時像是煩惱著什麼的樣子停頓了一會兒，接著像是能接受似的開口：
「如果是這樣，畢竟還有點時間，妳可以煩惱到找到為止，也可以找老師討論喔。」
「謝、謝謝老師。」
雖然是臨時編出的理由，看來似乎過關了。
我在心裡鬆了口氣。
「不過……從妳的樣子來看，應該還沒告訴父母想換志願的事情吧？」
「咦？啊，是的……」
「記得要好好跟父母談談，等他們能接受之後再來考慮喔。」
對喔，還必須重新和爸爸媽媽討論才行。
這樣一想，就覺得改變志願真是一件非常麻煩的事。
但是事到如今也不可能說不想改，於是只能點點頭。
「總之午休馬上就要結束了，先回教室吧。」

在老師的催促下，我離開了資料室。

來到走廊之後，疲勞一口氣湧現出來讓我嘆了口氣。

光是跟老師講話就這樣了，跟爸媽講話肯定會更緊張吧……

可是為了開心的高中生活，必須努力才行。

雖然到時不確定是否還能維持現在的情況，就相信會比那時候來得好吧……我相信並想像著開心的高中生活。

總之，沒有排球社的高中比較好。

畢竟對排球已經沒有好的回憶，想儘量避免接觸……

不過體育課還是會有排球吧？如果是這樣，或許沒什麼意義也說不定。

說到底，我沒聽說這附近會有不存在排球社的學校……只是我不知道嗎？

等得到父母的允許後，再來資料室吧……

於是我就這麼進入了遇見娜娜與艾莉姆的高中。

◆心情也會隨著頭髮長度改變

一如往常的午休。

我拿著裝有便當的午餐袋，與相澤同學和田中同學一同前往空教室。

走進教室之後，我們把桌子併在一起，擺好便當。

「雖然已經說過很多次……但短髮的小露真是新奇呢。」

田中同學一邊吃玉子燒一邊如此說道。

因為被講過很多次，我有點擔心她們是否真的看不慣。

「當然小露短髮也既好看又可愛，果然還是比較習慣長髮呢。」

「……妳真的覺得可愛嗎？」

我第一次這樣反問。

可能是因為剛剛老師點到我時回答不出問題，所以有點不高興吧。

「當然了！因為小露長得很可愛，無論什麼髮型都很適合啊，打個圈！」

「打圈是什麼意思啊……」

「田中同學也覺得很可愛嗎？」

「咦？為什麼要問我？」

趁著這個機會，我也問了自從我剪頭髮之後從來沒發表過意見的田中同學。

「因為妳至今都沒對我剪頭髮表示意見，所以很在意田中同學是怎麼想的。」

「當然是覺得跟平時一樣可愛啊……」

「真的嗎？」

「真的啦……被一直問很害羞耶，這個話題就到此為止，來聊聊考試的事吧。」

「不，考試的事我反而不想聊耶……」

我側眼看著聊起之前考試話題的兩個人，重新審視自己變短的頭髮。

到頭來就算剪了短髮，症候群還是維持原樣。

只是頸部變涼了一點而已。

由於接下來天氣會變熱，這樣或許還不錯……但是我現有的衣服跟短髮不太搭。這不是因為短髮跟我不合，而是感覺短髮和我的心情對不太上嗎？

總覺得哪裡怪怪的。

因為這個緣故，就算有人說很適合或是可愛……即使說的是她們兩個，我還是覺得不太對勁。

果然不應該依靠別人的意見，自己決定的外觀才是最適合的。

「……我決定了。」

「咦？決定什麼？」

聽我突然這麼說，相澤同學似乎很吃驚。

「我要再次把頭髮留長。」

「是嗎？那樣也好，我會幫妳加油的。」

還以為她會說維持原樣比較好，所以我反而嚇了一跳。

而且還說要替我加油……

「這、這是該受到聲援的事嗎……？」

「畢竟要是不長得很整齊會很麻煩吧？」

「嗯……」

「所以我會幫妳加油。」

「原來如此……？」

雖然覺得她的感性還是老樣子很獨特，但這次她說的「加油」總覺得很讓我放心。

……不過或許只是因為她說了我想聽的話而感到高興也說不定啦？

○

「頭髮變長了呢。」

當我覺得差不多長到剪短前三分之二長度時，在上學途中偶然遇見便走在一起的相澤同學如此對我說道。

田中同學似乎因為要開幹部會議先走了。

「嗯，的確是呢。」

「是我的加油生效了嗎？」

「嗯、嗯。或許有效……」

即使我認為是自己努力的結果，也不能隨便對待別人的好意，於是這麼回答。

「那真是太好了。田中也有幫妳加油，如果有效她會很開心吧。」

「咦？田中同學也有？」

「沒錯沒錯。」

田中同學總是會在不經意時關心我呢。

有種好像很開心但又並非如此的感覺。

……不，得到她們關注這件事本身很高興，這裡還是老實說出來比較好吧。
「很高興妳們這麼關心我。」
「是嗎？那真是太好了！」
接著到抵達學校為止，相澤同學一直在說自己有多擔心我。
雖然我說過這樣會很高興，總覺得到這種程度有點不太尋常！
明明如此心想，卻因為某些因素翹了課，反而讓她們更加擔心了……

◆重逢

『午安，我是可麗餅的大姊姊！還記得我嗎？』

我的私帳收到了這樣的訊息。

既然會自稱可麗餅大姊姊……代表她應該是我之前翹課吃可麗餅時聊過天的那個大姊姊吧。

雖然不知道她是怎麼篩選出我的帳號……但感覺有些懷念，於是我回覆了訊息。

『還記得喔，怎麼突然問這個？』

『哎呀，因為新出的可麗餅實在超——好吃的，想找妳一起去吃，可以嗎？』

我一邊想著她居然為了這種事情聯絡我，一邊好奇她說得那麼好吃的可麗餅究竟會是什麼味道。

『是什麼口味呢？』

『豪華綜合口味。』

『那是什麼啊……』

『這個有點難解釋！』

完全不知道是什麼味道。難以解釋的口味究竟是怎樣，完全搞不懂。

所以即使她說好吃，我還是有點不安。

畢竟上次也是那樣……

『如果大姊姊請客，我就去吃！』

於是煩惱了一會兒之後，我傳出這樣的訊息。

這麼一來除非真的好吃到非得推廣不可，否則是不會請客的吧？大概……

『嗚，來這招啊！』

『畢竟是姊姊，就請我吧。』

不知道大姊姊究竟是在計算零用錢，還是不想請一個沒見過幾次面的人呢？她好一陣子沒有回覆。

『可以喔。』

『真的嗎！』

沒想到她會答應，我嚇了一跳。

『沒問題。』

『哇～太棒了～！』

『看妳已經這麼開心我也很高興。那麼明天中午左右，在可麗餅店見吧。』

訊息傳到這裡就結束了。

這時候我才發現，為了被請客吃可麗餅，必須再次特地到那個地方去……！

不過我用「這樣剛好打平」說服了自己。要是可麗餅很好吃，就算是賺到了。

於是我懷著無論如何都很期待的想法進入夢鄉。

○

到了隔天。

「午安～」

我來到有可麗餅攤販的車站下車走出剪票口時，立刻就被搭話了。

對方打扮得有點眼熟，一定是可麗餅的大姊姊吧。

「沒想到妳真的會過來呢。」

「的、的確……」

雖然我老實地來到了這裡，大姊姊也非常有可能不來。

明明看過不要相信社群網站上口頭約定的文章，大意也該有個限度。

不過這次的約定平安實現了所以沒關係吧……？

「好了，我們去吃豪華綜合口味的可麗餅吧。」

大姊姊快步離開車站走向可麗餅店。因為我是受到請客的一方，於是戰戰兢兢地跟了過去。

拿到的可麗餅正如豪華這個名稱，分量非常充足。

「我、我吃得完嗎……？」

「這個很好吃，肯定能輕鬆吃光喔！」

我準備聽她的話開始享用時，她開口制止了我。

為什麼呢？

「為我們平安相遇的事實乾杯！」

如此說道的她跟我輕碰了一下可麗餅。

「……大姊姊妳是這種人嗎？」

比起她的這種行為，我腦中更快地浮現了疑問。

我完全不覺得她是會做這種行為的人耶……

「嗯～某種意義上算是看開了吧？所以這次才會試著約妳。畢竟如果是以前的我，肯定會因為害怕而不敢約私帳上的人嘛。」

「是這樣啊……」

我一邊覺得能夠看開真令人羨慕，一邊開始享用她買給我的可麗餅。

甜味適中的鮮奶油和新鮮水果的風味在嘴裡擴散開來，非常美味……！

「這個真好吃耶！」

「我就說吧！」

雖然分量很多，但要是這麼好吃，我或許能一直吃下去。

就是如此好吃。

「我一直想與人分享這個味道～選妳果然是對的！」

「是、是這樣嗎？」

「嗯，畢竟妳的笑容很燦爛嘛！」

聽她這麼說，我回過神來。

接著啟動手機的拍攝功能，用前面的鏡頭對著自己，上面的我果然笑得很開心。

「請、請不要一直盯著我看！」

「為什麼呢？妳的笑容非常可愛喔？」

「嗚嗚……」

儘管十分單純，但我已經很久沒有露出這種笑容，不由得感到心跳加速。

該說是「不知道該不該笑得這麼開心」，還是「原來可麗餅能讓人露出這種笑容啊」……總之就是這樣。

或許想解決症候群，看開點也是一件很重要的事吧……？

雖然大概不能當作參考，我決定把這件事放在心上。

「要是又找到其他好吃的期間限定可麗餅，我可以再邀請妳嗎？」

「如果還是大姊姊請客就可以喔。」

「嗚，來這套啊～」

即使不知道是否會有下次，我想著還想再吃一次這個豪華綜合口味，並吃光了手中的可麗餅。

◆小心怪東西

「納豆義大利麵聖代……？」

在某種意義上來說，這或許是我第一次覺得不該來屋頂。

「別走啊，露露。」

「請別逃走，露露。」

我倚靠著屋頂的門，娜娜跟艾莉姆正逐漸向我逼近。

她們絲毫不給我開門逃跑的機會，讓我非常困擾。

話說回來，事情為什麼會變成這樣呢？

我試著回想……

因為想要直接感受有點變冷的風，我來到屋頂上。

結果發現娜娜和艾莉姆都在這裡，而且感覺氣氛比平時更加緊繃。

我感到好奇，與往常一樣走了過去。

然後她們兩個像是發現了獵物的野獸一樣，眼睛閃著光芒朝我逼近……於是就變成現在的狀況。
即使試著回想，我也完全不知道為什麼事情會變成這樣。
「露露，妳喜歡納豆義大利麵聖代對吧？」
「我不記得自己說過喜歡那種詭異的東西耶……」
不僅如此，就算單獨來看「納豆」、「義大利麵」跟「聖代」，我也沒有主張過自己喜歡那些東西。
不僅如此，無論哪個我都不太喜歡……更別說合在一起，那只會是厭惡的對象吧。
儘管如此，她們依然拿著塑膠袋逼近我。
真是的，拜託適可而止啦！
「為、為什麼要做這種事啊！」
「是娜娜買的。」
「本來是買給艾莉姆的，但她不肯收。所以沒辦法只好給露露了。」
是因為娜娜才變成這樣的嗎……
「快住手啦。既然是娜娜買的，那妳自己處理掉不就好了？」
「很浪費耶。」
「那就別因為好玩買這種東西啦！」

當我掙扎著做出最後的抵抗之後，她們兩個停下了腳步。

我鬆了口氣，同時發出嘆息。

「娜娜，別做這種像是笨蛋高中生會做的事啦。」

「就是說啊。」

「直、直到剛剛都跟我一起逼近露露的人講這種話很讓人生氣耶！」

「話說回來，妳在哪裡買到這種東西的啊？」

「因為附近的超市打兩折促銷，忍不住就買了。」

「說什麼忍不住啊……」

而且還打兩折。雖然說大概不會有人買，但打兩折也太廉價了吧？

「總之妳就帶回去吧……？」

「嘖～」

『去拍大頭貼吧！』

這條訊息是娜娜在週五晚上傳過來的。

本來打算睡覺的我因為瞬間無法理解大頭貼是什麼而歪了歪頭。

大頭貼、大頭貼……大頭貼！

『為什麼突然想拍大頭貼？』

我由於驚訝而瞬間醒過來，回了這麼一句話。

『哎呀，因為同樣擔任模特兒的前輩很關注的機台從明天開始運行，我想早點試試看拍起來怎樣來告訴她。』

『可以啊。』

艾莉姆發出了同意的訊息。

沒想到艾莉姆會這麼快答應，我更加驚訝了。

『謝啦，因為可以兩個人拍所以只有我們去也行，露露有什麼打算？』

娜娜看起來似乎不太吃驚，只是簡單地道了謝。

為什麼不問她為何會這麼快同意呢……

「不對……」

畢竟是艾莉姆，大概是覺得能當作漫畫的題材吧。

其中或許也包含了純粹對庶民文化感興趣的部分。

娜娜一定也明白這一點，所以才刻意沒有深究。

『我也想久違地拍拍看呢。』

雖然國小國中時經常去拍，但最近都沒拍過。

我也很在意技術到底進步到什麼程度，想試著拍拍看。

『那就決定了呢。明天在學校附近的車站集合，請多指教！』

『好～』

『好的，我明白了。』

儘管約得很突然但明天沒什麼事，應該沒關係。

畢竟我們不是朋友，大概也不會一起待太久吧……

不、可是，要是能稍微玩一下或許會比較開心。

如此心想的我抱持有點期待的心情進入了夢鄉。

○

「怎麼樣？媽媽，不會奇怪吧？」

「不奇怪啊，露露隨時都很可愛喔。」

「不是那個意思啦！」

既然要拍大頭貼，意思是拍完之後照片會以實體形式保留下來。

注意到這件事的我起了個大早，開始挑三揀四的選起衣服。

她們兩個不僅身材好，長相也很可愛，所以無論穿什麼都很上鏡。而身為一般人的我並非如此。

選好衣服之後還必須化個適合的妝才行。

可是我的化妝工具很少……而且衣服的款式也不多！

啊——真是的！該怎麼辦才好啊！

媽媽無奈地注視著正不斷煩惱的我。

平時她無論什麼時候都會誇我可愛，這讓我很高興。但現在不是講這個的時候，因此有點煩躁。

不過畢竟對媽媽發脾氣不太好，還是先冷靜下來吧……
「嗯……」
冷靜下來之後，開始覺得無論怎麼打扮，我都還是我。
反而要是打扮過頭，或許還會遭到她們兩個嘲笑。
我討厭那樣。
尤其是娜娜，肯定會不斷挖苦我笑個不停……
既然如此，我決定穿自己喜歡的衣服去。
冷靜下來之後，我以最近買的T恤為主軸做了穿搭，也精心化了相襯的妝。
「……好！」
就算不跟媽媽確認，我也搭配出了有自己風格的可愛感覺。
我對此很滿意。
那麼，差不多該走了……
「哇！已經那麼晚了！」
明明一大早就開始準備，但已經快到約好的時間了。
要是不快點出門就來不及了。
不，或許會遲到……？

於是我連忙出門。

「我出門了！」

我一邊聽著背後傳來的「路上小心」，一邊儘快趕往車站。

抵達車站之後，娜娜跟艾莉姆已經在等待了。

「差點就遲到了！」娜娜生氣地這麼說。

「抱歉！有事情耽誤了！」

「算了，這件事也沒那麼急，沒關係吧。」

「本娜娜大人討厭浪費重要的時間！」

「什麼娜娜大人啊。」

「有人會這樣稱呼自己嗎……？」

「娜娜大人我就是會這麼說——！」

多虧了娜娜莫名其妙的主張，差點遲到的我並沒有怎麼遭到責備。

或許是多虧艾莉姆幫忙打了圓場吧。

不過她們大概只是說出想到的事而已，開口道謝也怪怪的，於是我一語不發地搭上了電車。

我們三個站在搖晃的車廂裡。她們兩個應該無所謂，但長時間的沉默讓我有點難受。

總覺得該說些什麼，於是我開了口：

「新的大頭貼機台是怎樣的？」

「據說有能調整眼睛角度的功能喔。」

「調整眼睛角度……？」

「那不就幾乎是整形了嗎？」

「可以那麼說。」

娜娜笑著說道……是覺得這裡只能笑了嗎？

「話說回來，現在是個能用手機自拍作調整的時代，還會有人特地去拍大頭貼嗎？」

聽艾莉姆這麼說，我不禁點了點頭。

我之前的確也這麼想。

可能是國小國中的時候有些人沒有智慧型手機，所以才會去拍大頭貼。

所以當娜娜在幾乎每個高中生都有手機的時候提到大頭貼，我才會那麼訝異。

「嗯——大概是用途不一樣吧？」

「用途？」

「嗯，用途。雖然無法講得很清楚，感覺手機自拍跟大頭貼負責的用途不太一樣。」

「是這樣啊。」

「原來如此……？」

有點聽不太懂，但其中肯定包含了感覺方面的內容，導致很難用言語說明吧。

這種事情還挺常見的。

當我默默地想著這種事的時候，電車抵達了在大型購物中心隔壁的車站。

我們三人一起下了電車，前往遊樂中心。

遊樂中心本來遊戲的聲音就很大，再加上今天是假日，更是吵得不得了。

我一邊想著「吵死人了」，一邊跟在娜娜後面前往大頭貼區域。

那邊有個圍著很多人的桌子，仔細一看居然是女孩子用捲髮棒在整理頭髮。

捲髮棒固定在桌子上，看來是提供給顧客使用的。

真是驚人……

「現、現在居然有捲髮棒啊。」

「我今天是整理好才過來的，不過要是放學後過來就很方便了。」

「的確是呢……」

「我沒來過這種地方，很值得參考。」

察覺艾莉姆真的是為了漫畫才來的，我不禁露出苦笑。

要畫出有捲髮棒的場景感覺很難……艾莉姆能好好描繪出來嗎？

等完成之後，我會想看耶……

「有捲髮棒的地方應該不多，能當作參考就行了吧。」

「是的。」

「啊，現在有空機台，我們走吧。」

在如此說道的娜娜帶領下，我們三個圍著大頭貼機旁邊的設定螢幕。

「要三個一起拍……設定之類的可以交給我處理嗎？錢當然也是我出。」

「當然可以。」

「我不太懂，所以拜託妳了……」

以前我好像會很積極地討論要怎麼設定，但現在的我已經沒有那種精力。

過去的自己究竟是從哪生出活力的啊……

現在就產生這種想法，我開始擔心是否會有問題。

明明還是個高中生。

「設定好了，我們進去吧。」

如此說道的娜娜把我們推進了拍攝空間。

拍攝空間整個都是白色，感覺非常厲害。

「這裡就像攝影棚一樣呢……」

艾莉姆好像也覺得很驚人，一邊這麼說道，一邊很感興趣似的東張西望。

「接下來要開始拍了，打起精神喔！」

「要、要那麼認真嗎……！」

我一邊抱持著早知道果然該好好打扮的悔意，一邊在娜娜跟機器的催促下更換姿勢拍攝著。

過程非常忙碌，我不禁懷疑以前是否也是如此。

「艾莉姆，笑得更燦爛一點……不對，超可怕的！就說那不是笑容是威脅啦！」

「那樣已經是不同人了吧？如果再改變眼睛角度，可就不是整容能夠形容的了……」

「這個姿勢明明很害羞，為什麼妳們兩個能擺得那麼自然啊……！」

拍完七張照片後，我以為總算結束了，接下來居然開始拍起影片。

「拍、拍影片是什麼意思！」

「雖然我沒提過，就是這台機器的主要功能喔！」

「先說一聲啦……！」

就像這樣，時間過得非常快。

當拍攝真正結束後，我感覺鬆了口氣。

「好、好累人……」

娜娜跟艾莉姆沒有理會疲憊不堪的我，逕自前往了塗鴉區域。

這麼說來塗鴉區域比攝影區還小，光是擠兩個人進去大概就塞滿了吧……

如此心想的我，決定留在塗鴉區外面等她們。

裡面傳來了「咦？沒有印章嗎？」、「最近好像大多都沒有呢。」之類的交談聲。

原來最近的機台沒有附印章啊。

那麼她們兩個現在究竟在做什麼呢……？是在調整眼睛的角度嗎？或許是在體會當神明的心情吧？

話說回來，原來聽得那麼清楚啊。

以前我經常跟朋友一邊拍大頭貼一邊吵鬧，或許全都被聽到了……

如此心想的我稍微觀察起遊樂中心。

啊，那個是……最近在社群網站上很紅的兔子角色耶。

明明才剛紅沒多久，沒想到已經變成夾娃娃機的景品了。

真是厲害……

「……嗯——」

畢竟很可愛，感覺有點想要。

但是在等人的時候去夾娃娃感覺也不太好。

……能不能快點結束呢？
當我這麼想的時候，兩人從裡面走了出來。
她們好像順便把大頭貼印出來了。
娜娜拿起大頭貼，撕成幾份分給我和艾莉姆。
「嗚哇……」
「果然看起來不光是整形而已了。」
「別說這種話啦，畢竟就是這種機台啊。」
拍攝的時候我不怎麼在意，但該說是塗鴉更強調了這一點嗎？
照片修飾得非常誇張。
艾莉姆說的話大致上沒有錯。
假如給媽媽看，她大概沒辦法一眼認出我。就是那麼誇張。
「咦～可是很有趣對吧？」
「是的，非常有參考價值。」
「嗯，說有趣是很有趣啦。」
「接下來要幹嘛？雖然特地出來了，要散會嗎？」
「要、要不要稍微去看一下夾娃娃機？」

「如果可以我也想去看看，很在意會有哪些景品。」

「那就決定了呢。順便去吃午餐吧——就交給艾莉姆大小姐請客了！」

「別把責任丟到我身上！」

之後我嘗試了那台兔子角色的夾娃娃機，但完全抓不到。

而娜娜不知為何抓到了一隻還想賣給我，這或許不像朋友吧。

不過整體來說，我們度過了一個像是朋友之間相處的假日。

很開心是事實，然而從明天開始還是得好好劃清界線才行。

畢竟我們並不是朋友。

「去看看艾莉姆有沒有認真參加社團吧！」

當我在屋頂上發呆時，如此說道的娜娜來到了屋頂。

「咦？為什麼？」

「畢竟今天沒有讀者模特兒的活動，很閒嘛。」

「因為很閒就做出這種……」

本來想說不應該去妨礙人家，但由於我也很好奇，因此沒能強烈反對。

「話說，妳又開始當讀者模特兒了啊？」

「沒錯沒錯。可是今天沒有任何活動，覺得很閒就上來看看，在途中有種去找艾莉姆似乎也不錯的想法。」

「原來如此……？」

「所以說，我們走吧！」

「咦？我沒說要去吧！」

「反正妳肯定很在意吧！」

她這麼說我也無法否認，只好乖乖跟過去。

抵達漫研社的教室門口後，娜娜毫不猶豫地推開了門。

「午安！我們來探望艾莉姆！」

「咿！」

……聽她劈頭就這樣說，我不禁露出苦笑。

不過，在學校經常成為話題中心的娜娜突然來到社團教室，任誰都會嚇到吧。

我能體會她們的心情。

「妳、妳們是來幹嘛的……」

「哇啊，有好多漫畫喔！只要是社員就可以看嗎？真不錯耶～」

不顧艾莉姆的擔心，娜娜毫不客氣地走進教室，打量著放有許多漫畫的書架。

我一邊想著「妳不是來探望艾莉姆的嗎！」一邊向其他人低頭道歉。話說，我不想跟她一樣被當成麻煩人物……！

「啊，對喔，我是來探望艾莉姆的。因為看到很多漫畫被吸走注意力了。怎麼樣？有在努力嗎？」

「請不要突然闖進來！」

艾莉姆彷彿要揮出巴掌，氣勢洶洶地逼近娜娜。

或許是被她的氣勢壓倒，娜娜低頭向艾莉姆道歉，真是稀奇。

「但我是真的很擔心艾莉姆嘛！」

「又在睜眼說瞎話……」

「好了好了，小艾莉姆也冷靜點。」

就在我以為艾莉姆會真的動手時，一名像是學姊的人制止了她。

「妳們是擔心她才過來的吧？若是那樣不必擔心喔，小艾莉姆做得很好。」

學姊一邊安撫娜娜一邊如此說道。

「做得很好嗎？那就好。」

娜娜露出一副真的很放心的模樣，慢慢地走向門口。

「那我們就先離開了，打擾了。」

她說完之後走出走廊並關上教室的門，拉著我離開了社團教室。

「有種就像是純粹去搗亂的感覺呢。」

「嗯……」

「不過，我一瞬間看到的原稿真的很厲害喔，真有才能呢。」

「才能、嗎……」

之後我什麼話都沒說，與娜娜分別後踏上歸途。

○

回家之後，我開始思考。

艾莉姆展現了自己繪畫的才能。

雖然她的確有才能，但是以漫研社員身分努力應該也很重要。

她幾乎每天都跟社團同伴一起去社團教室。某次我因為找老師問問題很晚才回家，剛好遇到同時回家的艾莉姆。她肯定投入了很多時間在努力吧。

就是因為努力到這種程度，才會受到委託繪製文化祭導覽手冊的封面吧。真的是太厲害了。

而娜娜也重新開始了做為讀者模特兒的活動。

在私帳上，有時候也會看到有娜娜身影的雜誌廣告。

她看起來非常耀眼……我覺得很厲害。

沒錯，她們兩個非常耀眼。這應該代表她們每天都很開心，過得很充實吧。

真是羨慕。

我自己什麼都沒有。
沒有想做的事情、能夠投入的事物，也沒有喜歡的人。
也不算是有朋友，課業也只是個半吊子……沒有任何才能。
只是個空殼子。
這讓我非常懊悔。
當我感到悲傷的時候，症候群居然惡化了。
在人群中即使沒有碰到人，也會覺得身體不適，指尖麻麻的。
而一旦與人接觸，就會產生非常劇烈的疼痛。
為什麼我會變成這樣呢？
什麼時候才能從這些痛苦跟難受的事情當中解脫呢？

要是症候群能消失就好了！

於是我對求愛性少女症候群產生強烈的厭惡，結果和另一個世界的我互換了身分。

◆將來的事就是煩惱的原因

「這麼說來……我在另一邊時看到了打扮成酒店小姐的妳們喔。」

當我們三人各自在屋頂放鬆時，露露突然這麼說道。

於是我忍不住笑了出來。

畢竟我去做酒店小姐，實在太符合刻板印象了……

但實際上，我不想肯定這一點。

「酒店小姐，是嗎？」

艾莉姆似乎不知道這個詞彙的意思，不解地偏著頭。

這孩子到底有多不懂人情世故啊。

雖然我很憧憬不平凡的生活，但要是太過特殊或許很令人困擾呢。

「另一邊是指露露融入了陽光男女圈子的那個世界嗎？」

「嗯，沒錯沒錯。妳們都穿著漂亮的禮服，看起來非常漂亮……但我有點擔心。」

「的確，露露都還在當高中生，我們卻去當酒店小姐或許很糟呢。」

「意思是我不是高中生嗎？那實在……很誇張呢……」

艾莉姆或許隱約明白了情況，看起來有點消沉。

我雖然不覺得沮喪，但還是有「為什麼會這樣」的想法。

好好努力吧，另一邊的我。

……試著向不知道是否存在，也不清楚是否真的生活在那種環境中的我發出聲援。

接著有點壞心眼地把想到的事說了出來。

「但是那會不會是反映了露露對我們的印象呢？」

「咦？」

露露的臉上浮現焦慮。

「是這樣嗎，露露？」

或許是覺得我說中了，艾莉姆瞪向露露。

露露拚命否認這件事，不過在無法立刻回答的瞬間，我想就已經露餡了。

無法承受艾莉姆的注視，露露顯得有些鬱悶。

「……實際上，妳們對那種工作感興趣嗎？」

即使如此她還是不死心地追問，我想她應該有什麼意圖，於是老實回答：

「雖然不是沒興趣，但我想從事更能提起興趣的工作。」

「我現在對任何事情都有興趣，不過還是想先上大學，之後再慢慢考慮。」

「艾莉姆要當漫畫家嗎？」

「那方面還不清楚……妳有什麼煩惱嗎？」

艾莉姆則是直接詢問露露的用意。

露露有些為難地搔了搔臉頰，沉默了一會兒。

接著她下定決心似的再次開口：

「那個，因為我覺得差不多該思考將來的事了……可是卻沒有方向，很不安……」

「的確，那樣會不安也是可以理解。」

是嗎，已經到了這種時候啊。

這讓我理解自從我們在春天相遇之後，過了很長的時間。

明明不是朋友，但大概會相處很久吧。

總覺得畢業之後就會變得疏遠……不過現在透過通訊軟體很容易就能聯絡，或許不會那麼容易切斷聯繫。

有種要是露露突然開始推銷東西該怎麼辦的想法，到時候我應該也能應付得來吧。

「我……就算不成為漫畫家，也想從事設計或相關領域的工作。大學也打算去讀那方面的科系。」

「原來如此……可是，妳的父母那邊沒關係嗎？」
「有關係，所以需要說服他們。」
「居、居然有關係啊。」
「數十年的堅持不可能突然消失……而且他們還說過除非是成績優秀的女子學校否則不會幫我出學費，所以各方面都很麻煩。」
「是這樣啊。就算家裡有錢，要是因此難以追尋夢想也很麻煩呢。」
「不過，我已經下定決心無論如何都要以這方面為目標了。」
「那只是因為艾莉姆很厲害而已……對吧？」
「是差勁的性格變成了毅力吧。」
「……這次就當成是在誇獎我吧。」
我沒在誇獎她，既然她這麼想就算了吧。
「那麼娜娜有什麼打算呢？」
「我？我就算上了大學還是會繼續當模特兒，並且順勢成為網紅。」
「網紅是想當就能當上的嗎？」
「為了這個目的我打算投稿影片，最近正在學習。」
「是、是這樣啊。」

「我很在意影片是怎麼投稿的呢。」

「影片本身只要隨便拍一拍做些剪輯，誰都能投稿，問題在於是否能爆紅吧——」

「爆紅……最近常聽到這個詞呢。」

「妳知道這個詞啊。」

啊，大概是因為漫研的人在用才知道的吧。

從漫研了解人情世故的孩子……有點在意將來會變得怎樣呢。

要不要定期保持聯絡呢？

「妳們兩個都有自己擅長的領域和幹勁，真厲害呢。」

露露有些難過地說道。

正因為兩方面都沒有，才會更擔心自己的將來吧。

「要是至少有幹勁就好了呢。」

我有些壞心眼地說道。

「幹、幹勁本身是有的喔！只是該說不知道怎麼運用嗎……」

露露滿臉通紅地反駁。

雖然會這樣很正常，但感覺就像章魚一樣有趣。

「考慮該如何運用，或許也是一種動力不是嗎？」

「那、那樣只是在原地打轉吧！」

「嗯，只能好好努力了吧……」

雖然露露說：「只能好好努力是什麼意思啊！」開始抱怨，但老實說我沒心力理會。

於是一邊後悔不該開她玩笑，一邊隨口附和著。

現在我最大的煩惱跟某個帥哥有關……根本沒心情管這個！

想著想著，由於快到讀者模特兒攝影的時間了，我便隨口應付兩人之後離開學校。

希望今天的拍攝不要出現心型符號……！

後記

第一次見面的讀者初次見面。

好久不見的讀者久違了。

我是城崎。

感謝各位閱讀《Venom 求愛性少女症候群4》。

接下來才要開始閱讀的朋友們，也請多多指教。

從第三集到第四集出版花了很多時間，實在非常抱歉。

此外，也對參與出版的各位造成了非常大的麻煩。

對此一直感到非常抱歉，甚至空空的腦袋裡都塞滿了歉意……

像我這種人能夠出書全都是多虧了各位讀者，以及所有出版相關人士的福。

非常感謝各位。

這次後記得到了四頁的篇幅，因此想寫一些有趣的內容！
四頁後記（註：此為日本出版狀況）！成就解鎖！
雖然我是從後記開始看的人，但這次想寫一篇看完本篇再來閱讀的後記。希望各位能夠理解。

如果要大致概括本篇的內容，就是娜娜迷上男裝執事咖啡廳之後發生了許多事情，露露跟艾莉姆的身邊也發生了變化。

特別是艾莉姆周遭發生了重大改變，因此要是有下一集就好了，但現在尚未確定。如果她們能平穩地生活下去，那也是個不錯的結果。個人喜歡平凡的快樂結局。

另外，由於作者身邊沒有主題咖啡廳，所以很擔心是否能好好表現出那種感覺。若是各位能感受到那種氛圍那將是我的榮幸。

關於娜娜迷上男裝執事咖啡廳的橋段，我曾想過要不要改成偶像。不過看過內容後，認為這個設定非常適合本篇，覺得用男裝執事咖啡廳實在太好了。

因為假貨有時候能夠超越本尊。從某方面來看，這或許是陷入了比一般男性更深的沼澤裡。

但如果是娜娜，無論陷入哪種泥沼都會堅強地活下去，所以有東西讓她沉迷或許是件好事。

另外，刪除私密帳號並不是結束，而是開始。因此如果可以，我也想繼續描繪娜娜接下來的故事。

因為不清楚接下來會怎樣，我只會盡情地妄想，默默地等待後續發展。

我會繼續精進，讓自己能充分將妄想化為文字。

由於每次都會這麼寫，我認為差不多也該讓它成真了。

那麼接下來是謝詞。

我要向かいりきベア老師、のう老師，還有責任編輯M，以及與這本書有所關聯的所有人獻上發自內心的感謝，真的非常謝謝各位。

那麼，如果還有機會的話再見嘍。

國家圖書館出版品預行編目資料

VENOM求愛性少女症候群 / かいりきベア原作 ; 城崎作 ; 九十九夜譯. -- 初版. -- 臺北市 : 臺灣角川股份有限公司, 2024.07-
冊 ;　公分. -- (Kadokawa fantastic novels)

譯自 : ベノム : 求愛性少女症候群
ISBN 978-626-400-221-9(第4冊 : 平裝)

861.57　　113006548

Kadokawa Fantastic Novels

VENOM 求愛性少女症候群 4

（原著名：ベノム 4 求愛性少女症候群）

2024年7月17日　初版第1刷發行

作　　者：城崎
插　　畫：のう
原作／監修：かいりきベア
譯　　者：九十九夜

發 行 人：台灣角川股份有限公司
總　　監：呂慧君
總 編 輯：蔡佩芬
主　　編：林秀儒
編　　輯：楊芫青
設計指導：陳晞叡
美術設計：吳佳昀
印　　務：李明修（主任）、張加恩（主任）、張凱棋、潘尚琪

發 行 所：台灣角川股份有限公司
地　　址：104台北市中山區松江路223號3樓
電　　話：（02）2515-3000
傳　　真：（02）2515-0033
網　　址：www.kadokawa.com.tw
劃撥帳戶：台灣角川股份有限公司
劃撥帳號：19487412
法律顧問：有澤法律事務所
製　　版：尚騰印刷事業有限公司
I S B N：978-626-400-221-9